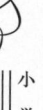

小学館文庫

終りに見た街

山田太一

小学館

終りに見た街　目次

終りに見た街

第一章　朝の散歩

分譲地は、多摩川を見下ろす高台にあった。

対岸は東京都、手前は川崎市である。のちに思いもかけぬ変貌をとげることになるおよそ三百七十戸からなる住宅地は、六月の朝靄《もや》の中で静かだった。

私は四十七歳のテレビドラマのライターで、いつものように柴犬のレオを散歩に連れ出していた。坂の多い住宅地の道を、犬は鼻先でたどるようにして歩き、ときおり他所《よそ》の犬に吠えたてられて、小走りになった。

家々は、多く南斜面につくられ、多摩川に面した北斜面には少なかった。私の家は、その北斜面におりようとする高台の一番上の端にあった。住宅の位置としては欠点が多く、周囲にくらべて価格も安く、だからこそ私にも買えたというような土地だったが、唯一のとりえは多摩川の眺望だった。

眼下というわけにはいかなかったが、一キロ足らずの遠くに川が見下ろせ、時間天候季節による水の光の変化を見るのは、ささやかな快楽だった。

更にはるか、新宿の高層ビル群も小さくあり、夜になるとそれら都会の細かな灯りの遠景、二子玉川の高島屋のネオンサイン、鉄橋を渡る田園都市線の電車の灯りの連なりが美しかった。

その朝、私は歩きながら旧友を思い出していた。

もう三十年以上も逢っていない友人である。その友人に明日の夜、渋谷で逢うことになっていた。どこにいるかも分らなかった旧友から、一昨日不意に電話があったのである。

「おぼえてますか……宮島《みやじま》です」

聞きおぼえのない中年男の声であった。私は短く返事をためらい、それからまったく別人を思い出し、しかし声が違うようなので「宮島さん――」といぶかし気な声を出すと、

「敏夫です。宮島敏夫です」といった。

「あ――敏夫さん?」

私は陽気な声を出した。なつかしさが溢れた。「三十年ぶりぐらいかねえ」という

と、

「そう。三十年ぶり。正確には三十三年ぶり」と彼の方もなつかしそうな声でいった。九歳までの親友で、十四歳のとき一度だけ逢い、それから三十三年逢わなかった友であった。

朝の道を歩きながら、その十四歳の時を私は思い出していた。昭和二十三年の六月である。その時は五年ぶりの再会であった。戦争が終って三年がたっていた。何度も手紙をやりとりしたあとで、私が彼の家を訪ねることになったのだった。

交通費を出して貰わなくてはならず、父に許しを求めると、

「持ってくようなもの、なにもないぞ」と父は手みやげのことをいった。

「なんにもいらないってさ」

そんなことはいって来なかったが、逢いたかったので「日帰りだし、ちょっと逢うだけだし」と私は、いかにも軽いことのようにいった。

「そうもいかないだろう」

父は前夜、小さなわが家の、棚や押入れに長いこと向っていて、あちこちへこんだ蓋つきの鍋を選び、よく洗って風呂敷に包んでくれた。

「本当は米とかウドン粉がいいんだがな」

私にすまないといういい方ではなく、自分自身に腹を立てているようにそういって短く吐き出すような溜息をついた。

母を失くし――つまり父にとっては妻を失くし、中学生の私と小学校六年の妹と父は暮していた。仕事は実にいろいろなことをしていた。たとえば指圧療法をやったり、切れた電球を再生させたりしていた。電球の仕事は、私の記憶では、切れた電球をのぞきながら振っていると、フィラメントの切れた個所が再び触れ合う瞬間があり、その時すかさず電流を通すとくっついてしまうというようなものだった。もっとも、そんなことなら、どこの家でもやれるだろうから、もう少し複雑だったのかもしれない。中学生に親の苦労の細部は分らなかった。

その朝は五時に起きて薩摩芋を二本食べた。

「芋ならないわけじゃないが、みやげとなりゃあ二本や三本てわけにもいかないしな」

父はまだそんなことをいった。

「いいよ。お鍋、喜ぶよ」

私も芋や米は、なるべく人にやりたくなかった。なにより食糧は貴重だった。それに、鍋だって、何ヶ所かへこんではいたが、戦前のいい頃の鍋だし、長いこと大切に使っていたものだった。

「あまり家のことは、しゃべるなよ」

そんなことも父はいった。大きくはなかったが、人を四、五人使って食堂をやっていたのだ。戦争でやめざるを得なくなり、山間の町へ引越して、そのまま暮していた。

「品川の駅は大きいぞ」

「大丈夫」

そんな心配をされるのは、生意気な中学生としては心外だった。

三時間半ほどの旅だ。たしかに一人で東京へ行くのは、はじめてだったけれど、五年前までは東京に住んでいたのだし、品川駅で上り東海道線をおりて池袋駅へ行くにはどうしたらいいかぐらいは聞かないでも分っていた。

かつて浅草で隣同士だった旧友の家は、いまは西武線のN駅から十三分ぐらいのところにあるらしかった。

——ぼくが歩くと、おおむね十一分です。母は十四分から十五分かかります。探しながらの初めての人は四十分はかかると祖母はいっています。でも、四十分かかったのは祖母の知り合いのおばあさんですから、あまり参考にはなりません。ハハハハ。

旧友は、手紙によく笑い声を入れて来た。一つ年上で、勉強がよく出来てとりわけ数字に敏感だった。彼が十一分で行くところなら、さがしながら自分は十三分で行くだろうというような頭の働かせ方は、彼の影響によるものだった。もっともその影響は、五年逢わないうちに随分薄れていた。

六時台の電車に乗ったがその頃の電車は時間に関係なくいつでもひどく込んでいた。漸《ようや》く入った真中あたりの通路で、押しつぶされるように立ち続けた。

「そうかい。強制疎開かい」

煙草くさい汚ないような男が、息を吐きかけながら、しつこく私がどこになにしに行くかを聞いた。

「ありゃあひどかったよなあ。警防団や消防が人の家の柱に鋸目《のこめ》を入れて、梁《はり》や桁《けた》に綱をつけて、みんなでひっぱって引き倒しちまったんだからなあ」

「はい」

一言も返事をしたくないくらい口が臭かったが、ちょっと怖いようなところもあって、つい相手になった。

「政府が頭っから、どけっていったんだよなあ」

「はい」

「こっちからこっち、この一画に住んでる奴は家ィこわすからどけェってなもんだ」

「はい」

過密な町のあちこちに「空地帯」をつくって、空襲を受けた時、延焼を防いだり避難場所にしようという政策だった。指定された一画の人々は否も応もなく、政府の安い買収に応じ、立去らなければならなかった。江戸時代からの家であろうと、漸く築いた店であろうと容赦はなかった。

「ひでェ時代だった」

「はい」

横浜駅へ列車がすべりこむと、男はいきなり私の手の鍋の風呂敷包みをひったくるようにとり上げ、

「ちょっと貸してみな」と明るくいった。

「は？」

「いいからいいから」

いいながらデッキの方へ行くのだ。

「なんでしょうか？」

「いいからいいから」

「それぼくンです」

「分ってる分ってる」

明るくいいながら無理矢理人を分けてドアへ進む男のあとを、慌てて私は追い、誰かの足を踏み「痛ェじゃねえか」と背中を思い切り突かれながら、それでも夢中でホームへとび出した。男は、いなくなっていた。ベルが鳴る中を、私はホームを前後に走った。泣くような荒い息で列車が動き出しても諦めきれず、しかし結局はデッキにとび乗った。まだ電動ドアではない時代だった。

敏夫さんの家のあるN駅へは午前十時すぎに着いた。丁寧な地図を貰っていて、目印が次々と地図通りに現われ、左へ曲り右へ曲った。

——空襲で二回家が燃えて、三回引越したのですから、話はいっぱいあります。

敏夫さんはそう書いて来て、私も「ぼくだってそうです」と返事を書いた。浅草の頃から比べたら、なんについても経験は段違いで、自分の成長をやや誇張して話したい思いでいっぱいだった。前にはちょっとぶたれても大きな声で泣いたが、田舎へ来てからは、先生にも地元の連中にも殴られて、それは実はいまだに平気ではなかったけれど、敏夫さんには「番傘で顔バーンてやられてさ、鼻血出したって泣かないよ」などと自慢がしたかった。長いこと、そんな話の出来る相手がいなかった。私は、どんどん急ぎ、畑や草の茂った空地の中の道へ出て、それから分らなくなった。行きすぎたようなのである。振りかえった。地図を見る。目印の枯れて折れた太い欅《けやき》の樹がある。

その左。振りかえったから、右。

私は、じわじわと了解した。まさかと思った小さなトタン屋根の、古板をかき集めて打ちつけた汚ない小屋が敏夫さんの家なのだった。そのあたりは、空襲を受けていなくて、点在する家も割合しっかりしていたので、焼跡ならそれほど珍しくないトタン屋根の小屋が、人の住む家とは思えなかったのである。田舎にいて、そうした小屋を見慣れていないせいもあった。

よく見れば、干し物はなかったが物干しもあり、住居であることはあきらかであった。

あの写真館の、敏夫さんの家――。

かつては入口の左手にショウウィンドーがあり、娘や兵隊や赤ん坊の写真が四、五枚額に入れて飾ってあり、ガラスに、くすんだ金色で「宮島写真館」と書かれたドアをあけると、ひんやりした玄関に花が飾られ、床は焦茶色によく磨かれていてスリッパが置かれ、順番を待つ人は少しバネの緩《ゆる》んだソファに腰掛けるのだった。

左手に写場があり、医院のように受付と書いた小さな窓口があった。おじさんは、鼻の下にいわゆる「チョビ髭」を生やして、甲高い声で「はい坊やちゃん、こちらを御覧遊ばせェ」などといい、ズドンとフラッシュをたいたのだった。

道から小屋まで十五歩ほどあり、近づくと家の中で小さな物音と人の気配がした。

「こんちは」

物音が止まった。しかし、返事がない。

「こんちは」

ちょっと間があって、

「来ちゃったよ、敏夫」と刺々《とげとげ》した女の声がした。おばさんだった。敏夫さんのお母さんの声だった。

「太一です。慶会楼《けいかいろう》の太一です」

慶会楼は父のやっていた大衆食堂の屋号である。

「なにしてんのッ。出なさいよ、敏夫」

おばさんの声は、私の方には向かず、中の敏夫さんを叱っていた。それからまた少し間があって、敏夫さんが出て来た。

見慣れない顔でドキリとしたが、すぐ敏夫さんだと分った。向うも、私が壜《びん》の薬でも飲んで突然大きくなったとでもいうような顔をした。

「あ」

敏夫さんは小さくそういって照れくさいような目で、しかしそらさずに珍しいもののように私を見ている。

「こんちは」と私がいうと、

「うん――」と気の弱いような微笑をした。

それから敏夫さんは目をそらすと、家の中へ顔を入れ「どうする?」といった。汚れたランニングシャツに、尻がすり切れそうな半ズボンだった。

「どうするもこうするもないだろ。入って貰うしかないじゃないか」

敏夫さんに続いて中へ入ると、おばさんはにこにこして「いらっしゃい」とおどろくような大声でいった。「しばらくねえ。大きくなったわねえ」

おばあさんと女の子が寝ていて、おばさんはその女の子の傍から立上るところだった。立上りながら向きをかえ、おばあさんに向って、「おばあちゃん、分る? 慶会楼の太《たい》ちゃんよ」といった。

あまりはずんだ声でいうので、さっき外で聞いたいらいら声は別の人かと思うほどだった。

おばあさんは「そうか」と力のない魚のような目で私を見た。

「こんにちは」と土間で私は一礼した。

「菊子よ、これ。分る?」

おばさんは土間へおりながら、女の子の方を指した。敏夫さんの妹の菊子ちゃんだった。

「はい」

しかし、とても痩せていて目を閉じて動かず、五年前の小学校一年の菊子ちゃんとは、ちっとも結びつかなかった。

「敏夫、ちょっとおいで」

おばさんは急に敏夫さんに小さく鋭くそういって、あいている戸から外へ出て行った。敏夫さんが続く。

私は土間に立っていた。

「ほらみな。やっぱり手ぶらじゃないか」とおばさんの高い声が外でした。「手紙ばっか書いて、勝手に呼んで、どうしたらいいのよ? うちはね、余分に人に食べさせるようなもの、なんにもないんだよ」

気がつくと、おばあさんの力のない目が私を見ていた。私は目を伏せた。

「こんな事じゃないかと思ったのよ。いま時ね、食べ物持たせないで、人の家へ子供をよこす親なんて、どうかしてるのよ」

敏夫さんが、なにかいう。小さくて聞えない。

「なに？」とおばさんがいら立って聞いている。「なに？」

それから「そんな訳にいかないだろう。ちょっとすればお昼じゃないか。お昼食べさせないわけにいかないだろう」

また敏夫さんが、なにかいう。また聞えず「なに？　はっきりいいなさい」とおばさんの声がする。「冗談じゃないわよ。そんな事したらあんたどうなるの？　それでなくたって足りなくてフラフラしてるのに、この上あんたに病気になられたら、どうなるっていうの？」

「いいよ」

「なにがいいの？　いったい食糧見つけるのに、お父ちゃんがどれだけ苦労してると思うの？　そんなことお前百も承知のはずじゃないか。お父ちゃんだって普通じゃないのよ。脚気《かつけ》で歩くのも大変ていうのに、仕事をして買い出しをして、薬までさがし歩いてるんだよッ」

「大きな声出すなよ」

急にはっきり敏夫さんがそういった。

息をのむ間があった。それから、

「なんだその口は。なんだお母ちゃんに向って」とおばさんが敏夫さんを叩く音がした。何度もだった。ヒッヒッとおばさんのぶちながらの声がする。

私はおばあさんに一礼すると外へ出た。するともうぶってはいなくて、おばさんと敏夫さんは向き合って立っていた。

「帰ります」と私はいった。

「なにも、いいのよ」

おばさんは、今度は笑わずに背を向けて、小屋から離れた錆びたドラム缶の方へ歩いて行く。

「じゃ」と私は敏夫さんにいった。

敏夫さんは、横向きにうつむいていて、反応がなかった。

「用事――他にあるし」

しかし敏夫さんは動かず、おばさんはドラム缶の傍で立止って振り向かなかった。

仕方なく、私はお辞儀をして道の方へ歩きはじめた。

声がかかるかと思ったが、かからなかった。

道へ出ると、足音がついて来た。敏夫さんだと、すぐ分った。

しばらく歩いてから二人は並んだ。

しかし、言葉が出なかった。手紙では冗談をいったり笑い声をよく入れる敏夫さんなのに、うつむいてなにもいわなかった。

私は、ほとんど怒ったり悲しんだりしていなかった。むしろおばさんのいい分が正しい、と思っていた。私の家でも、食事を出さなければならないお客が来たら、とても迷惑だろうと思うし、すまないような気がしていた。ただ私は、敏夫さんの家は、私の家より景気がいいと思っていたのだ。手紙では景気のいいような感じだったのだ。

五分ぐらい黙って歩いていると、敏夫さんは鼻をすすった。泣いているのだった。

「いいのに」といいたかった。「平気だよ」しかし声が出なかった。

敏夫さんは左腕で涙を拭いた。しゃくり上げた。

私は足元ばかり見て歩いた。

敏夫さんの泣き方は段々大きくなり、震えるような声で止まらなくなった。

すると急に私にも悲しみがやって来た。涙が溢れた。声が出た。

駅まで二人でワーワー泣きながら歩いた。今の中学生より余程幼かったような気がする。

「どうした?」と声をかける人もあったが答えようもなかった。泣き声で「池袋」といって切符を買い、結局敏夫さんの方は一度も見ないで、両方で泣きながら別れた。

その敏夫さんと明日の夜逢うのである。

向うは四十八歳。上野の結婚式場の宴会係をしているという。

急に犬が動かなくなった。

家へ、あと数メートルというところで、足を張って柴犬のレオが動かない。

「どうした? 随分歩いたろう。もういいだろう」

綱をひいたが、いつになく頑固にレオは動かない。低く唸《うな》る。

「どうした?」

おびえているように見えた。あとで思えば、異変の前の定石《じようせき》ともいうべき予兆だったがそんな事は想像もしなかった。

叱りつけて庭まで無理にひきずり上げてつないだ。

庭から家へ入りながら、目の端の多摩川が光るのに気づいた。

夕方のようだった。周囲が夕闇に沈みはじめ、川だけがぎらぎらと斜陽を反映する時間のように、朝靄の中で、蛇行する水が赤みを帯びて不自然に輝いていた。

第二章　災難

翌朝、なにやら気がかりな夢から目をさますと、傍で妻が低く私を呼んでいた。

「お父さん――お父さん」

もう何度か呼んでいる声だった。

「う？」

左の肩が痛い。すぐそれは妻が強く摑んでいるせいだと気がつく。

「どうした？」

妻は青ざめていた。

「私――どうかしたみたい」

低く、思い切って告白するというようにいった。パジャマの上にサマーガウンを羽織っている。いつもの姿だ。六時に起き、中学二年の信子《のぶこ》の弁当をつくる。信子は六時半に起き七時に出掛けた。私立中学で少し距離があった。七時半に小学校五年の稔《みのる》が起きて来て、八時に出掛ける。こちらは近くの公立なので、八時十五分には学校へ着く。四人家族である。

「どうかって——どうした?」

六時十分すぎだった。

「外になにもないの」

「なにもって?」

「雨戸をあけたら、なにもないの」

「泥棒か?」

それにしても、なにもないとは? たとえば玄関脇の鉢植とか、まさか門の鉄の扉まで?

「そんなんじゃないの。どうかしてるんだわ」妻は、悪寒《おかん》が走ったように震えた。

「森なの。どう見ても外は森なの」

これはいけない、と私は思った。

「熱は?」

「あるでしょう、きっと」妻は崩れるように床へ腰を落した。「起きてるわよね?

私。あなたも、起きてるわよね？」

「無論起きてる」

「どうしても、森にしか見えないのよ」

「疲れたんだ。葬式が二つ続いたし、通夜にも二晩つき合ったし、どっちか片方でいいというのに、無理をするからだ」

いいながら妻を抱き起こして、ベッドへあげた。

「見てみて」と妻は横になりながら、幼児のように無力な声で私を見上げた。「表を見てみて」

「頭、痛いか？」

「ううん」

「眠れたら眠るといいな。睡眠薬、あったかな」

「表を見て」

「分った。目をつぶるんだ。薬箱見て来る」

「表を見て」

厄介なことになった、と私は寝室のドアを閉めた。明らかに精神科の病気だ。森だと？　外が森だと？

ドアがあいたままの居間に入ると庭に面したカーテンが半分、ガラス戸もまた半ばあいている。妻の狼狽の痕跡である。そりゃあ外が森になっていたら誰だって慌てる。私は薬箱のあるテレビの下の戸棚へ行き、手をのばしかけて動きを止めた。ちらと見た庭の映像に見慣れぬものを感じたのだ。なにか、おかしかった。身体を起した。立上る。

ガラス戸へ近づくと、すくむような予感があり、庭を見ると——庭の向うが森であった。

いや森というのは妻のいい方で、雑木林というべきかもしれない。

隣の浜野さんの家がない。ないだけなら、それだってなかなか珍しいことだが、事情によってはひそかに、音を立てずに、夜中にとりこわすということも、ないとはいえない——しかし、そのあとをどうやって一晩のうちに雑木林に出来る？　浜野さんの家だけではない。その向うの初音《はつね》さんの家もない。緑だ。六月の緑だった。

私は雑木林から目をはなせずに、それでもなんとかサンダルをつっかけて庭に出た。柴犬のレオが来ない。いつもなら、庭へおりれば、たちまち飛びついて来るのだ。

朝はとりわけ——たしかに雑木林だった。

それも一夜の俄《にわ》かづくりというような林ではない。森といってもおかしくないほど、蔦がからみ、下草も濃密に生えてゆるぎなく雑木林なのだ。

私は、犬のレオを求めた。つまり地面を見た。道路の方を見るのを、短く猶予したかった。レオは、犬小屋の中で顎を床につけ、上目づかいに私を見ていた。こちらの狼狽を重ねるせいか、途方にくれて、小刻みに震えているように思える。

道路を見た。なかった。妻のいうとおり「なにもない」のだ。林だった。私は枝折戸《しおりど》をあけ、玄関脇からポーチへ出た。門の前には古い倒木があり、それに接して雑木が立ち重なり、草が腰あたりほどにものびて、道路はもちろん、向いの谷さんもその横の坂本さんも、その裏の大崎さんの赤い屋根も、すべては消え失せて、深い雑木林なのだった。

どうすべきかを考えた。

四十七歳にもなって、こんな時どうすべきかが分らなくて、どうする？門へ行き、扉を手前にあけた。目の前の、本来道路であるべきところに、太い倒木が横たわり、草が密生している。おそるおそるその草に触れた。それは確かな存在感をもって触覚に応《こた》えた。夢なんてものではなかった。倒木にも触れる。まぎれもない樹皮の感触だった。外へ出た。

待て。サンダルで、この林を、どうやって歩く？

第一、パジャマだ。この姿で、何処へ行ける？　着替えなければいけない。着替える間に考えるのだ。

門を閉め、急ぎ玄関へ戻ってドアをあけようとした。あかなかった。一瞬閉塞感が走ったが、あかなくて当然である。居間から庭へ下りたのだ。頭を冷やせ。大丈夫だ。なんでもない。

「なんでもないぞ」

レオに声を出してそういい、案外平静じゃないか、と自分を励まして、庭から居間へあがった。

「なにかの手違いだ」

私は出来るだけ確信あり気な重い声を出した。その声に励まされたかった。そうだ。着替えるのだ。まず、着替える。着替えは居間にはない。寝室だ。まず寝室へ戻る。そこで居間から廊下へ出て、私はとび上った。

いきなり目の前に、妻が立っていたのだ。

「なにをしてる？」

「なにって――」

私があまり驚いたので妻はちょっと笑うような声になった。

「いきなりだな――」

するとと私も急に笑いがこみ上げ「いきなり立ってりゃあ、驚くじゃないか」と怒ったようにいい切ると、もう我慢が出来ず吹き出してしまう。

「なによ？」

妻もつられて笑顔になり、私の笑いが止まらないので「やあねえ」と笑い出し「どうかしてたのよ、私。ほんとにどうして森に見えたのかしら？」といいながら笑い続けるのだった。

どうして笑えるんだ？　こんな時に、どうして笑うんだ？　私は自分が分らなくなりながら、顔を掌で押さえて笑いをおさめようと努めた。

「やだわ、はずかしいわ。でも、浜野さんの家も、谷さんも坂本さんの家もなくなって、全部本当に森に見えたのよ」

「見えたよ」

「え？」

「ぼくにも森に見えた。いや見えただけじゃない。本当に森だ。触ってみた」

「森に？」

「ああ、森にだ」

「だって、あなたいま笑ったわ」

「だから、なんだ?」

「だって——そうなら——ほんとに森なら——笑うようなことかしら?」

妻は混乱したような声でいった。

「無論、笑うようなことじゃない」


娘の部屋へ入り、妻がゆり起した。

「信子」

「あ、時間?」

寝起きのいい子で、すぐ手の甲で目を押さえて起きようとした。

「起きなくていい。少しここにいるんだ」

私がそういうと「なに? お父さん」と意外そうに私を見た。私が信子の部屋へ入ることは、ほとんどない。

「いいから、もう少し寝てるんだ。カーテンもあけるんじゃない」

「どうして?」

「いいの。ちょっと、そうしてて」

妻の声を聞きながら私は廊下へ出た。すでにオープンシャツとズボンに着替えていた。

川の方をまだ見ていない。

川の方なら、仮に同じような雑木林になっているにしても、それほど家から離れずに遠くが見えるはずだった。ズック靴を履き、勝手口から出ると、家の横腹に添って北斜面へ出た。

予想どおり、やや離れた眼下の斜面に建てられていた三、四軒の家が消えている。そして、一面の雑木林である。樹間から、細くわずかずつ多摩川が見える。その水の光は馴染み深いものであった。少しほっとして、低い鉄製の柵を越えて、草の中へ出た。

朝露が残っていて、すぐズボンの裾がしめり気を帯びる。それもまた日頃馴染んだ感覚である。この異変の中では、そうした確かな平凡な感触が不思議なほど気持を慰《い》撫《ぶ》した。

草をわけ、木につかまりながら、少し斜面をおり、見通しのいい場所をさがした。

「どうなの？」と信子がきいた。

「どうだった?」稔も起きて、着替えをすましていた。

「あまり帰って来ないから、どうかしたかと思ったわ」と妻。

私は食堂の椅子をひき、

「とにかく腹ごしらえをしよう」

「どうして?」と信子がいう。

「訳分らないよ。どうして、カーテン閉めてるの?」と稔。

「どうだったか話して。食べられそうもないわ」と妻もいう。

仕方がない。子供達に、いつまでも隠しておけることでもない。

「夢のようなことだ」と私はいった。「夢のように素晴しいという意味ではない。現実のこととは思えない――納得しにくい出来事といったらいいか――つまり、まだ――お父さんにも――なんのことか――」

「UFO?」と稔が低く聞く。父親が衝撃を受けていることが明らかなので、生真面目な顔だ。

「バカね」と信子がすぐいったが、明るさはなく、事態が深刻らしいことは子供たちにも通じていた。

「庭から、新宿の高層ビルが見えるな」

「うん」稔がうなずく。

「ないんだ。見えない」

「見えないって――」

「障害物があって見えない、という意味ではない。なくなっている」

「爆破とか？」

「まさか地震じゃないでしょう。地震なら此処だって――」

「川向うの高島屋もない」

「高島屋が？」

「どうして？」

「二子玉川の橋に路面電車が通っている」

「なんですって？」と妻がはじめて声を出した。

「玉電だ。おそらく昔の玉川電車だよ」

「昔のって――」

「渋谷から来ていた玉川電車だ。なくなったのは、それほど昔じゃあない。しかし、いま、あそこを走っているのは――」

推測でしゃべりすぎるのは控えなければならなかった。

「なんなの?」と信子がきく。

「事実だけをいおう。判断は、もっと調べてからだ。とにかく、いま、お前達にいわなくてはならないことは、この分譲地のことだ」

「この——山のこと?」

「そうだ。この山のことだ。カーテンをあければ、納得しないわけにはいかないことだが」

そういいながら、私はどんなに願ったことだろう。カーテンをあけると、いつに変らぬ住宅地の朝が見え「一体、夫婦で朝から、なにを見てたんだ?」と四人で大笑いをする場面を——。

「住宅地ではなくなっている」

「なくなっているって?」と信子。

「お隣もお向いも、一軒残らずなくなって、ただの雑木林になっている」

稔も信子も、声を出さなかった。

「学校は今日は休みなさい。お父さんは、山の下まで行ってみる」

「電話を——」と妻がいった。「電話をどこかへ掛けてみたら、どうかしら?」

それを聞いていないように、稔が大人びた足取りで、つかつかと食堂の窓に近づきカーテンをあけた。

信子が「あ」と小さく声をあげる。

稔はすぐ居間へ小走りに行き庭に面した二枚のカーテンを、今度はちょっと荒々しくあけた。

「嘘ォ——」

信子は小さくいいながら、吸い寄せられるように居間のガラス戸に近づく。稔がそのガラス戸をあけた。

「庭へ出るなよ」と私は慌てていった。

「なにがあるか分らない。そこまでにしておくんだ」

稔は黙って玄関へ走った。

信子が追う。

「見るだけだぞ。出るんじゃないぞ」と私は大声を出した。

妻が電話のダイヤルを回している。

「どこへ掛ける？」

「実家——どこでもいいんだけど——」

たしかに、起った事を調べる一つの手段だった。しかし、掛かるか？　電話が掛かるなら——私は妻の指が、まるで下手な役者の「動揺する」演技のように「オーバーに」震えているのに気づいた。一瞬、妻が芝居をしているのではないかという疑いが走ったが、この事態を前にして、そんなことを考える私の方がおかしかった。

「出ないわ」

「呼んでいるのか？」

「いいえ。はじめから、線が切れているみたいに」

「ダイヤルする前からか？」

「ええ」

「だったらダイヤルをすることはない。通じないのは、はじめから分ってる」

「ためしたっていいじゃない。何秒の手間かしら？　ダイヤルする方が人情だわ」

これでは、いけない。いい合いをしている。

玄関へ行くと、稔と信子があけたドアの手前に立っていて、救いを求めるように振りかえった。私は、うなずいた。

「ドアを閉めて——窓も閉めて——待っているんだ。誰かつかまえる。こんなことになったのは家《うち》だけではないはずだ。待っているんだ。大丈夫だ」

門の前の倒木をのり越えて、南斜面の雑木林を歩きはじめた私の頭に、さっき見た多摩川の光景が焼きついていた。

国道二四六号線の新しい二子玉川の大橋はかき消えて、旧橋に廃線となった玉川電車が走っていたのである。

それも集電装置がパンタグラフではなく、ダブルポールの車輛なのだった。川の周囲は緑が多く、人工的色彩に乏しく、建築物の密度もコトンと粗く、まるで古い絵葉書を見るような——いやこんなもって回ったいい方はやめよう。私は、ほとんど瞬間に悟ったのだ。これは、時代の逆行だ、と。

むろんそんな想定は馬鹿気ていたが、他にどういう解釈が出来るだろう。目前にした光景は、少くとも三十年以上昔の多摩川だった。それなら、私のいる分譲地の説明もつく。かつては雑木林だったのだ。宅地の造成は、二十年ほど前のはずである。では、何故私の家があるのだ？　それは、なにかしら極小の確率で起る間違いで、私の家だけが過去へ移行してしまったのだ。

何年に？

「だったら昭和何年に移行してしまったのか？」

私は、しぶとく行手を遮《さえぎ》る蔦をひきちぎりながら思わず声を出していた。

「バカにしてる。こんな、子供染みた、人をバカにした事態に、俺を、巻き込むなんて、まったく人をバカにしている」

はなれて、人の声がした。

立止る。甲高く吠えるような若い男の声である。

かなりの人数に向ってしゃべっている声だ。たとえば、政治青年のアジ演説のようなーー。いや、もっと威圧的だ。叱りつけているような調子がある。意味は聞きとれない。用心しなければいけない。状況がよく摑めないうちに、多人数に出くわすのは避けなければならない。

しかし、声を避けて別の方向に歩くというのでは用心が過ぎるというものだ。せめて、声の意味がとれるところまで近づくべきであった。

また草を分けて歩きはじめ、漸く細い土の道を見つけた。立止る。近くに人の気配はなかった。声が、きれぎれに意味を伝えはじめる。

「その時ーーは、いったかーーったようにーーはーーだーーだ」

声の強弱が極端で、肝心のところが聞きとれない。

道へ出て、声の方向へ小走りに急いだ。気づかぬうちに、身をかがめている。脇の草叢《くさむら》へいつでもとびこめる姿勢である。

神社だ。そう、この方向には神社があった。

忽《たちま》ち杉の木が増え、その向うが崖らしく、樹間に神社の屋根が見える。立止らず、また林の下草に足を踏み入れ、崖に向った。道を歩くことに、おびえがあった。いま人に出逢うのは怖ろしかった。ずずっと足をとられ、草を掴む。ギクリとした。声がやんでいる。いまたてた音のせいか？　息をとめる。

崖に足を踏み出したか、と思ったが、そうではなく、その手前に小さな陥没があり、それに足をとられたのだった。ゆっくり腰を立て直し、耳を澄した。

しんとしている。神社の屋根。その裏の竹藪。目前の雑草の緑の匂い。

「黙禱、やめッ」

ほっとしたような多人数の息づかいが湧き上りかけて、

「息をぬくな、息をッ」

という激しい甲高い男の声に遮ぎられた。先ほどからの声である。若い男だ。

「出もせん咳をする奴がいるッ」

幼ささえある声の質だったが、口調にひるんだところはなかった。高飛車《たかびしゃ》で容赦のない叫び声だった。

「いっときも、われわれは、忘れることは出来ないッ。陸に海《かい》に空《くう》に、連日激しい決戦が続けられている。負け続けの醜敵米英は、南太平洋に多量の飛行機を持ち込み、わが将兵に必死の抵抗をしている。ニューギニアの決戦、ニュージョージアの戦い。しかし、きゃつめらの悪あがき如きで、わが将兵のただの一歩も後退するところではない。断じて一歩もひかん。一歩もひかずに鬼畜米英に鉄槌を加え、大東亜の正義を貫ぬかんとしている」

ゆっくり草の中を這って動いた。聞いているのは、中学生ぐらいか？　「醜敵」「将兵」「鉄槌」「鬼畜」それらがすぐ漢字になって頭に浮ぶ自分に気づく。

境内《けいだい》は、まだ見えない。匍匐《ほふく》前進。

戦争中だ。第二次世界大戦中である。ニューギニアで米軍が優勢になったのは、たしか昭和十八年ではなかったか？　ニュージョージアの戦いというのは、よく分らない。若い男は叫びをやめない。

私は急に滑稽感にとらわれた。

自分は、なにをしている？　草を這い、いまが一九八一年であることをあっさりと放棄し、半ば以上タイムスリップを信じかけていたのだ。馬鹿気ていた。

なにが馬鹿気ている？

誰かの罠だとでもいうのか？　誰が面白半分に、住宅地を雑木林に変え、多摩川の新大橋を消し、新宿の高層ビルをかくすことが出来るか？

しかし、自分があっという間に、状況を受け入れ、草の中で息をこらしていることへの羞恥があった。もし、一部始終を見ている人があれば、私の軽薄な反応は失笑されても仕方がない。こんなに信じやすい人間ではなかったはずだ。

「尽忠報国《じんちゅうほうこく》の精神を発揚し、献身奉公の実践力を涵養《かんよう》せねばならないッ」

芝居がかっていた。いかにも、という演説ではないか。そう。あの頃の勤労奉仕の中学生あたりに、教師不足でかき集められた病弱の二十代の教師が、同世代が次々と死んで行く戦場へ行けない負い目を糊塗《こと》せんとして、ことさらに戦意昂揚のお先棒をかつぎ、残忍に生徒を殴ったりしたものだ。

まるで、そのサンプルここにあり、といわんばかりではないか。

棒で板を打つような音がした。拍子をとる音だ。タン、タン、タン。「ウォッ」というように若い男が掛け声をあげた。歌声が起った。

若い血潮の　予科練の

七ツボタンは桜に錨ィ

その合唱は、衝撃だった。子供なのだ。訓示（?）の相手としては想像もしていなかった、幼い声の群れだった。

私は草の中を急いで這い、境内を見下ろした。

子供たちがいた。

八十人ほどの子供だ。小学校の三年か四年の男女である。男は丸坊主、女の子はおかっぱ。洗い古したような白いシャツ。裸足の子。草履の子。汚れたズック靴。細い足。細い腕。誰もが痩せていた。

林立する竹槍。整列のなんという整然さ。そして、それを少しも乱さずに、精いっぱい怒鳴り続ける歌声。

木刀を持った怒号の主は、木刀を右手で目の高さにあげ、切っ先を生徒に向けて、いつでも突くぞ、という構えで、列の間をゆっくり進んでいる。その教師も幼かった。やっと十六か七というところだ。丸坊主の首筋は幼く、これもひどく痩せていた。

生徒は怯え、泣き出さんばかりに声をはりあげる。

今日も飛ぶ飛ぶ　霞が浦にゃ

でかい希望の　雲が湧く

一人の生徒が、肩を突かれて、激しくよろめいた。歌声は少しもひるまない。

命惜しまぬ　予科練は

歌声の中で教師は、よろめいた男生徒を平手打ちした。子供はよろめくが、すぐ立ち直り、直立不動の姿勢をとる。待ち構えて、嵩《かさ》にかかってそれを丸坊主の少年教師が、また平手打ちする。男生徒は、またよろめく。また打つ。

よせ、やめろ。

私は草を摑んでいた。歌声が続く。

少年はまた打たれた。私だ。あれは、私だ。

私もあのようにして、少年教師に何度も殴られたのだった。

子供たちが、にじむ。涙が溢れる。私は心を奪われていた。

背後で声がした。

私はギクンとして、のけぞるように片手をついて振りかえった。老人であった。二、三メートルはなれて、忽然と老人が立っていた。戦闘帽をかぶり、雑嚢《ざつのう》（布製の黄土色のショルダーバッグだ）を肩から提げ、脚にゲートルを巻いた小さな老人が目を据えて私を見ていた。

私は、妙ないい方だが、その老人の額や口の周りの皺までが、見事にピントが合って、疑いようのない存在感を持っていることに絶望のようなものを感じた。これは、幻想ではない。

「う?」

老人は、うながすようにいった。返事をうながす口調である。しかし、はじめの声の意味を私は聞きとれていなかった。

「は?」

いいながら立上る。

老人は細い枯木を五、六本左手に握っていた。おそらく薪木《たきぎ》の足しにするものだろう。私にもおぼえがある。燃料不足は深刻だった。

老人は濁った目を、私からそらさない。

「は?」と私はもう一度聞いた。

「なにをしてるだ?」

咎《とが》めていた。

「はい——」

うまく答えが出ない。

「何処のもんだ?」

「はい——」

説明のしようがない。

「なんてェかっこうをしてるだ」

「はい」

派手ではない。一九八〇年代なら、地味といっていい柄物のオープンシャツだったが、戦争中の服装としては、柄のあるシャツというだけで、あり得ない派手さなのだ。

米国かぶれ。スパイ。贅沢。おまけに私の髪は、耳を隠している。

「こけェらの者じゃねえな」

「――」

「どうだね？」

「情報局の者だ」

いきなり私は反撃に出ていた。いってしまって自分で驚いた。情報局？　そんなものが戦時中の日本にあったか？　あれはＣＩＡの翻訳ではなかったか？

「じょう――きょく？」

老人の目にひるみがかすめた。

「そうだ。お前らには分らんだろうが」

私は道の方へ歩き出していた。老人の目が追う。

「重大な任務を帯びて、この付近の探索をしている。陸軍少佐石上というものだ」

でたらめを、ひるまずにいった。

官憲の時代だ。軍人を装ったからには強く出るに限る。

「お前は、どこのもんか？」

「S村の太田と申しますが——」

「ここで本官と出逢ったことは他言無用である」

老人の目は見られなかった。横顔のままそういった。

老人は答えない。

「いいか」

老人の視線が頬を刺すように思える。

「いいか、爺さん」

強くいって老人を見た。老人は見返した。私は、ひるまなかった。

「他言無用である」

「はい——」

漸《ようや》く老人は、かすれた声でうなずいた。

私は道を下った。つとめて軍人の歩き方を模倣する。わが家の方へ行くわけにはいかなかった。あの家の存在は、出来るだけ気付かせないようにしなければならない。つまり――もし、いまが戦時中であるならばだ。

戦時中に、テレビ、電子レンジ、電気掃除機、ステレオ、ビデオレコーダー、カメラ、8ミリ――のある家が発見されたら、どうなるか？

しかし、この服装で人家のある道へおりてしまうのも危険だった。ここは都会とはいえない。都会でさえ、隣人との連繋《れんけい》を強制されていた時代である。国家の危機に隣人同士が助け合わなくてどうするかという建前で、近隣が相互看視をしているような世界では、他所者《よそもの》はたちまち目についた。いまこのシャツで、この長髪で人に出逢えば、相手によっては詰問されかねない時代であることを、私は知っている。

右手の斜面に石段が見えた。あがると農家がある。軒が見える。

立止った。引き返せば、またあの老人に出逢うおそれがあり、これ以上下りると他の人間に出くわす危険があった。

歌声は、もう聞えない。

斜面を登って林へ入るか？　しかし、これだけで家に戻るのでは、いかにも確証が足りなかった。せめて、いまが何年か。いや、一体こんな馬鹿気た事態が、何処まで広がっているのか？　つまり、確かにこのあたりの変貌はまぎれもないが、変貌はことによるとこのあたり一帯だけの事で、たとえば横浜あたりまで行くと一九八一年が、厳然と同じ平面に存在しているということもないとはいえない。

不合理な空想だが、いまの状況がそもそも常識の手に負える事態ではないのだ。どんなことでもあると考えなければならなかった。

鋭く機関車の警笛が聞えた。それから走行音。貨物の音だ。南武線だ。

そうだ。南武線は、昭和十九年の四月に国鉄に買収されている。それ以前は私鉄南武鉄道である。電車を見ればいい。いや、電車では分らない。車輛にあまり変化はないはずである。おそらく国鉄にかわる時「モハ」とか「クモハ」といった規格の名称に変更があったはずだが、車輛自体を変える余裕があったとは思えない。記号だけでは、私鉄国鉄の区別は私にはつかない。

そう。駅へ行けばいい。駅には国鉄か私鉄かは明記されている。十九年四月以前か以後かは、すぐ分る。しかし、この服装で駅前へ出ることは、やめておいた方がいいだろう。ゲートルを巻かないまでも、古びたリュックを背負い、古いワイシャツの腕まくりでもして出直した方がいい。

考えながら少し道を下りていた。目は農家の石段を見ている。人の気配はない。家の前を音をひそめて通過した。

それから年代は簡単に分った。

道をゆるく曲ると、あとは真直ぐ平地まで十メートル足らずの下り坂であった。直角に横切る村道が見える。その角に掲示板が立っていた。

人通りはなく、そこまで下りて行くのに問題はなさそうだった。白人というわけではないのだ。なにも、そうまでビクつくことはない。いまも切り抜けたのである。また人に出逢ったら、その時はその時だ。

掲示板には、一枚の子供の描いたクレヨンのポスターと不鮮明なガリ刷りの通知が貼られていた。

ポスターは、空中戦の絵に「闇はやめませう」とやや思いがけない標語が黄色で書かれていた。通知の方は、時局講演会の知らせである。経済博士本多某先生「戦時下の婦人の任務」於F国民学校講堂とあり、日時は、

昭和十九年六月十八日（日）午後一時より

とあった。

靴音がした。あとずさる。背筋に冷気が走る。一人や二人ではない。重い靴音がやってくる。行進というような勇ましい足取りではない。歩調も揃わず、しかしひきずるような音はない。それぞれに着実な歩調である。数十人にさえ思える。

こんなひと気のない村道しかも裏通りに、その靴音は異様であった。

身を隠すところを捜した。柿の木がある。しかし、幹に身を隠す太さはない。やや離れて、石垣に近く、刈り取られた萱《かや》の束が一メートルほどの高さに積まれていた。そこへ走った。身を低くした。

山から来て横から見れば一目だが、村道からは見えない。山から人は来ないと思うしかなかった。

兵隊であった。将校らしい引率者はなく、担いでいるのは工具であった。鶴嘴《つるはし》、スコップが目についた。口をきく者はなく、誰もがやや伏し目のまま通り過ぎて行く。二十四、五人であった。靴音だけが、低く重く地鳴りのように続いた。


「昭和十九年――」

ひとしきり私が外の様子を伝えると、妻は半ば放心したように呟いた。

「六月――」と信子も小さくいう。

「六月ってところだけは同じだね」と稔がいった。みんなこたえなかった。「現代とさ」と稔は解説をする。

「うむ」と私が、うなずいてやる。

「どうなるの？」

稔はまるで私の責任のようにいう。

「信子。お父さんの部屋の机の後ろの棚に辞書と一緒に日本史の年表がある」

「わかった」

信子が立って行く。

今の子は「わかった」という。あの頃の子は「はい」といった。わかったかどうかは問題ではない。命じられたことには「はい」といえといわれた。あの頃は——いや、あの頃ではない、今だ。つまり、今は今ではなく、あの頃が今になってしまったのだ。

「ノルマンディだな」と私はいった。

「なに、それ」と稔がいう。妻も顔を上げた。

「ロンゲスト・デイって歌があるじゃないか。一番長い日。六月六日。連合軍が北フランスのノルマンディに上陸した日だ。おそらく、もう上陸してるんだろう。今日が何日か分らないが、十八日の講演会の予告が貼ってあるんだから、十日前後というところかな」

「終戦までは、まだ一年と二ヶ月もあるわ」

妻が途方もなく高い壁でも前にしたようにいう。

「うむ」

もしこのまま昭和十九年を生きなければならないとしたら、それはおそろしく奇妙な体験だ。われわれだけは一年二ヶ月後の終戦を知っているのだ。原爆が落されて、敗戦を迎えることを。それだけではない。それから三十六年間の日本人の経験を——マッカーサーも、帝銀事件も、レッドパージもオリンピックも万博もケネディ暗殺もニクソンもロッキードもレーガンも——なんという長さだろう。それを、これから反復して私は生きなければならないのか？

それにしても、こんな不合理を長く神が許すだろうか？　いや私は不信心な人間だが、つまり、なにかこの世をあらしめているものが、このような矛盾の多い存在を長く生き続けさせておくであろうか？

「年表——」と信子が大部の年表を私の膝に置いた。開く。

昭和十九年

六月十五日　米軍サイパン島上陸

　　十六日　北九州に米機来襲

　　十九日　マリアナ沖海戦、日本軍敗北

七月　七　日　サイパン玉砕

七月八日　インパール退却

敗北の記録ばかりだった。

電話のベルが鳴った。

第三章　旧友再会

青ざめて四人で電話を見た。

「誰から、掛かるっていうの？　どうして掛かるの？」

妻が私を見た。

私に答えがあるわけがなかった。

妻の実家へ掛けたら、掛からなかった。それは至極合理的で、時代がへだたってしまっては、掛からない方が理屈に合っている。その理屈でいけば、いまベルが鳴っているのは、現在、つまり、どこか本気になれないが、昭和十九年の人間が掛けていると考えるべきだろう。

私は余裕を持とうとした。

「出れば分る」

「ええ」

妻は、うなずく。しかし不用意に出て、相手が、たとえば拷問の悪名高い特高警察だったら、どうする？

お前たちは一体何者だ？　と聞かれて、どう申開きが出来るだろう。出来るわけがない。

「早く」と妻がうながす。

「考えているんだ」ベルはもう五回ほども鳴っている。

「糸口になるかもしれないわ。こんなことから脱出できるかもしれないわ。たとえばTBSの人かなにかで」

「昭和十九年にTBSがどうしてあるんだ？」

「だから現代からよ。現代から掛かっていて、助けを呼べるかもしれないじゃない」

「現代は、昭和十九年なんだ」

「なに議論してるのッ」と信子が泣くような声でいった。

「もしもし――」

受話器をとって、私はいった。

返事がない。しかし、息をこらしているような気配があった。

「もしもし——」

名前をいうべきだろうか？　慎重にしなければいけない。

「もしもし——どちらさまです？」

「太《たい》ちゃん——？」

それは、迷いながら、おそるおそる打診するというような声だった。

「は？」

「太ちゃんのお父さんですか？」

敏夫さんの声だった。一昨日、久し振りに電話で声を聞いた、現代の——つまり一九八一年の中年男の敏夫さんの声だった。喜悦が、突然こみあげた。

「敏夫さん？　太一ですよ。親父じゃなくて太一です」

「ありがたい」

敏夫さんは、大声ではなかったが、どっと肩の荷をおろしたような声を出した。

「いまね、品川なんだけど、ちょいと訳の分らないことになってね、あちこち電話したけど、どうしてもつながらない。十二本目で、やっとお宅さんだけ通じたんだ。逢えないかな、どこへでも行くよ。一番いいのはお宅だけど、どうかね？　お邪魔しちゃいけないかね？」

暗雲が戻って来た。

「つまり──」と私はいった。「いま敏夫さん──品川で」

「そう。品川。床屋さんでね、電話借りてるんだけどね」

「突飛なことを聞くけど、そっちは、いま昭和何年？」

「え？」

「昭和五十六年？」

返事がなかった。

「もしもし──もしもし」

「あ」と敏夫さんは、揺り起されたような声を出した。

「昭和五十六年ですか？」

私は、思わず詰問する口調になった。

敏夫さんは、慌てたように、「いや」といった。「いや、その、そうじゃない」

「じゃあ、何年？」

「昭和──どうもね──どうも、おかしな話なんだが──」

「十九年？」

「そっちもなの？」

敏夫さんは、悲鳴のようにいった。

「逢いましょう。どうか家へ来て下さい。南武線のTという駅です。駅まで迎えに行きます。なんか目印、ありますか？」

「目印？」

「つまり、その、三十三年ぶりでしょう？」

「――ああ」

「ちがうの？」

一瞬頭を、中学生の敏夫さんが駅から出て来るシーンが横切った。

「いや、ちがわない。三十三年ぶり――」

「だったら――」

「分らないかもしれない」

「そう。面影は無論残っているでしょうが」

「丸坊主の息子とね、二人で。風呂敷にくるんだね、棒みたいなものを持ってる」

「棒？」

「そう。ま、分るよ。分るもんだよ。二時間ありゃあ、いくら非常時でも、行くんじゃないかな」

これから品川駅へすぐ行くから、と敏夫さんは、電話を切った。

「うちだけじゃないんだ」

それが、どれほどの救いになるか分らなかったが、災難を共有している人がいるのは、救いにはちがいなかった。

「電話帳、片っ端から掛けてみよう」

「電話帳って——」

「とりあえずうちのメモの方だ。電話局のも、やってみる値打ちがあるかもしれない。同じめに遭《あ》っている人なら、電話が通じるんだ」

それは徒労だった。アからはじめ、中にはかりに向うが出てもちっとも嬉しくない人もいたが、好悪を押さえて、メモにある限りの知人の電話番号を次々と四人で交替で掛けたが、すべて無言だった。

T駅前へは、十一時半に行った。

電話を掛けていて髪を切る時間がなく、ワイシャツの古《ふる》を出し、腕をまくり、グレイのいたんだズボンと、これも捨てる寸前の古靴を履き、改札口が見えるやや離れた駅前に立った。着てみればシャツもズボンも古靴も身に馴染んでいて、それほどまだ見苦しくもなく、こうしたものを捨てる気でいたのだ、と昨日までの暮しが、贅沢で不遜に思えた。

駅は、ひと気がなかった。

制帽の下に白髪《しらが》の見える老駅員がひとり、まだ蕾もつけていない朝顔の鉢に水をやっていた。戦時中の国鉄というと、切符が手に入らずやたらに込んだという印象ばかりが頭にあったが、このあたりは閑散として、現代の（つまり一九八一年の）地方の寒駅と錯覚しようとすれば出来なくはなかった。私は短く錯覚を楽しんだ。何事もなかったのだ、と思いたかった。

石灰石を積んだ無蓋車が、ゆっくり数でもかぞえるように、ゴトンゴトンと川崎の方向へ通り過ぎた。

大きな籠をかついだ農家の主婦らしい三人連れが、黙って目を伏せて踏切りを渡って行く。私に関心を寄せる者はいなかった。ひとりで余計な警戒をしていたのかもしれない。いや、駅だからいいのだ。小さくとも駅には知っている者だけが集まるわけではない。駅だから見逃がされている。近くに住んでいるとなれば、私たちの得体《えたい》の知れなさは、当時の日本人の到底許せるところではないはずであった。隣組とのつき合いに消極的で、やや都会的洗練があるというだけで、スパイと噂され、村八分同然の扱いを受けた数学者を私は疎開先で知っていた。もっとも、小学校四年の私は、スパイ呼ばわりを半ば信じて、遠くから不純なものを見るように、その人を見た一人であったのだが。

上り川崎行きが先に着いて、女二人男一人の客が降りる。念のため、やや身を隠すが、関心を払う者はなく、それから十数分待って、立川方向の電車が来た。降りた客は、二人だった。

敏夫さんと、丸坊主の高校一年生の新也《しんや》くんである。これでは、間違いようがない。しかし、敏夫さんは、予想を上回る変りようで、小肥りでせかせかと外股に近づく中年男から、三十三年前の痩せた中学生を見出すのは難しかった。「やあやあやあやあ、しばらくしばらくしばらく」とせわしく湿った手で私の手を握り「年とったなあ、お宅も」とずけずけいわれて、私は少し気を悪くした。

「これ、息子、新也」

新也くんは、私から視線をはずして、唇をとがらせ、曖昧にうなずくような仕草をした。

「きちんと挨拶ぐらいしないかよ」と敏夫さんはその新也くんの二の腕あたりを平手で強く叩き、「逢う早々《そうそう》なんだけど、こんな事って、あるもんかねえ」といった。

「ええ――」

「あ、どっち？」家はどの方向かと、人さし指をあちこちへ動かし、「ああ、こっち」と私が山を指すと、先へ立って歩き出し、やや道の脇へ寄って振りかえりながら「なにから話していいか分らないけど、逢えてほんとに助かったよ。一昨日三十三年ぶりで電話したくなったってェのは、なんか虫の知らせっていうか、前兆だったのかねえ」という。

　その振りかえりながらの話し方が、宴会場へ客を導くマネージャーを彷彿《ほうふつ》とさせ、敏夫さんの歳月を感じた。

「で、あれ？　やっぱり昭和十九年と思ってるわけ？」と敏夫さんは、小さくたたんだハンカチで額を、パフでも叩くようにして汗を拭いた。

「どうでした？　此処へ来る間」

「ずっとずっと、どうにもならなく昭和十九年」

「品川も？」

「ああ。大崎も大井も大森も川崎も手がつけられない」

「そうですか――」

「しかし、どうせ時代を若くするなら、こっちも若くして貰いたいよねえ。中年のまんま戦争中へ戻って苦労しろってェのは、目茶苦茶だよ。どうなるのよ？　これから」

敏夫さんは、ちょっと面白がっているようにさえ見えた。息子の新也くんはやや遅れて、いかにも投げやりな足どりでついて来る。

「おいくつ？」と敏夫さんに聞くと、

「十五十五十五」と三遍早口でいい「高一の落ちこぼれで、手ェ焼いてるのよ。さっさと歩かないかよ。ボサボサしてると特攻隊にしちまうぞ」ハハハハと笑った。予想もしない異常な状況におちいって大笑いの出来る敏夫さんを、頼もしいと思っていいのか頼りないと思えばいいのか判断がつきかねるのだった。

「いや今日は仏滅でね。今日って、こっちの今日じゃない。昭和五十六年の方の今日が仏滅でね」と居間で敏夫さんは話しはじめた。

「御承知の通り、結婚式場ってェのは、仏滅は休みも同然で——で、休みとって、昨夜のうちに、こいつと真鶴《まなづる》の釣宿へ行ったわけ。今更見栄をはったって仕様がないからいうけど、こいつは停学をくってんのよ、ひと月。入学したばっかだよ。四月に高一になって、六月に停学だもの、親も泣くよ。で、女房なんか、もう疲れた、顔も見たくないなんて、面《めん》と向っていうんでね、そういうこと本人にいうなって、ま、喧嘩になったりするわけ。だからほら、休みとったたって家にいりゃあまたそうやって揉めるでしょう。おい新也釣りに行くから一緒に来いって、昨夜、おそい東海道線でこいつと真鶴へ着いてさ。釣宿の親爺と一杯のんで、ちょっと愚痴っぽくなったんだねえ。つまらないこと頼んじゃった。親爺とはもう十何年のつき合いでね。すまねえがってね。息子がこうこうで、じっくり将来のことを話したい。ついては、明日の朝の釣舟は親子水入らずで借り切りたい、親爺さんも遠慮してくれないかって、ちょっと子を思う親心みたいのを演じちゃったんだねえ。いいよっていう。エンジン分るかっていう。分るよ、エンジンぐらい。何年海釣りやってると思ってんのよって、五時起きで、え、ポンポンポンポンポンと二人で海ィ出ちまったわけ。ところが、こいつ二日酔い。いえいえ、私は呑ませない。私はこれを早く寝ちまえって部屋へ押し込んで帳場で親爺とのんでた。その間こいつひとりでウイスキー一本あけちゃったんだよ。そりゃ二日酔いにもなるよ。ゲーゲーでしょう、たまらないっていう。船酔いと二日酔いで死にそうだっていう。仕様がないや。ものの一時間もいないで、じゃ戻るかって、ポンポンポンと港へ戻って来た。と、おかしいわけよ。ちがっちゃってる。真鶴の港を間違えるわけがない。堤防と山とかさ、そういうもんの按配式《あんばいしき》は変らない。しかし、大体釣宿がない。舟が少ない。呆然、とかね、いうやつ。堤防に、子守りしてるちょっと足りないような娘がいるから、おーい姐ちゃん、ここは真鶴かい？　と聞くと、ウーンてうなずく。

親爺の釣舟屋がないんだから、どこへ舫《もや》っていいか分らない。ま、適当でいいやって舫ってさ。ひょいと一方を見ると、港に面した一軒の前に人が大勢たかっている。一人が台の上でなんかしゃべってる。みんな、日の丸持ってる。

ははあ、映画のロケか、と思った。出征兵士よ。おう、ロケやってるぞ、それにしてもちょっとの間によくまあ港を戦時中みたいに替えちまったもんだなあって、ヒョコヒョコ見物に行ったわけよ。いや、私ひとり。こいつはあんた虫の息でとてもついては来られない。

出征兵士役の男が、醜《しこ》の御楯《みたて》となって、なんて挨拶してる。ひねてでね。もう四十近いんじゃないかっていう美男でもなんでもない男で――しかしまあ、あとになりゃあ当り前なんだけど、リアルでねえ、いいんだよ、いい役者だなあ、知らなかったなあ、なんて離れて見てるとね、エキストラもいいんだ。「愛国婦人会」なんていう襷《たすき》のおばんが、そりゃもういい顔してる。ジーンと来ちまう。キャメラはどこにいるんだ？　気がついてキョロキョロしたけど分らない。そのうち「勝って来るぞと勇ましく」と歌になって氏神《うじがみ》の方へ行進だよ。しかし、淋しいもんでね。一時期の威勢のいい出征とは全然ちがう。補充兵だよねえ。女房も子供もあるのがひっぱられて行く。そりゃあ送る方だって、そうそう陽気にはなれないよ。

と、堤防の方で誰かが怒鳴ってる。

見ると、国防服着てゲートル巻いたのが二人で、こいつを殴ったり髪ィひっぱったりしている。なにすんだ、エキストラめって、ふっとんで行くと、ほら、こいつパーマかけてリーゼントで、油こてこてだったのよ。それを怒って、どこのもんだなんていってる。二人とも四十ぐらいの男でね、真っ赤になって怒ってる。戦地では、こうしてる今も御国のために笑って死んでいってる兵隊さんがいるんだぞって、涙流さんばかりよ。

バカいうなって、普通ならお前ら気でも違ったのかっていうところだよね。ところが、なんかゾーッとしたの。訳分らないけど、こりゃあ只事《ただごと》じゃあない――ま、直観ていうのかね、こりゃあんまり逆らっちゃいかんて、パッと思った。分った分った分ったって、とにかくなだめるとさ、お前はなにをしてるって、今度はこっちにくいついて来る。釣か？　この非常時に釣かって――さあ、なんか怖くなってさ、チラチラッと周りをもう一回急いで見ると、とにかく家からなにから全部昔みたいでしょう。こんな事が、一時間やそこらで出来る訳がない。いいから逃げろって、こいつひっぱって、駅までの坂、どんどん昇って、駅前に来ると、駅もガーンと変わっちゃってる。ジャーン」

敏夫さんは話がうまくて、稔も信子もつられてクスッと笑ったりする。敏夫さんの家は高輪のマンションで（それは群馬県生まれの奥さんの願望だったのだそうだ）とにかく品川まで帰ろうと思ったが、なにしろ駅ではみんな戦時中の一円札なんかで切符を買っている。どうしようか、と迷っていると煙突が見えた。風呂屋だ。その風呂屋の裏へ行って、防寒にもなる釣用のアノラックを買わないか、と出て来た女将にいうと、すぐ替って六十ぐらいの主人が現われ、そりゃあ丁寧に品物を吟味して「見たことのない材料だが」（そりゃそうよ、ナイロンだもんな）いい物らしいと百円の値をつけた。

「こっちはほら、とっさなことで、貨幣価値なんか全然分らない。これで二人で品川まで行けますかって、もって回って聞いてみると、行けるの段じゃない、郡山にだって行けるって妙な保証をしてくれて、品川の駅まで戻って来た。しかし、駅おりたって戦時中ですよ。うちはマンションでしょう。昭和十九年にあるわけがない。しかし、そこまでは行ってみよう、と歩いて行くと、誰だかのお邸がドーンとある裏みたいな所でね、小っちゃな汚ないような仕舞屋《しもたや》（住宅だけの町家のこと）がゴミゴミッと建て込んでる。マンションも女房も娘の加代子も、なんにもない」

「娘さんが、いらっしゃるの?」と妻がきく。

「そう。中三でね」

「あら、じゃ信子と同じ」

「いやあ、うちのは物凄くてね。父親バカにして、娘らしいところなんて、これっぽっちもありゃあしない。あれだね、父親が娘可愛いなんてのはキマリでもなんでもない。やっぱり娘によるんでね。女房と娘、パッといなくなって——そりゃ悲しくないとはいいませんよ、そりゃ悲しいけどね——しかし、ホッと息ついたことも事実」

「まあ」

「だって死んだわけじゃない。昭和五十六年の3DKのマンションで二人でのうのうとしてるんだから、まあ、それもいいじゃない。いいじゃない、と思うしかないじゃない」

「で、うちへ電話くれたわけか」

「そう。いろいろね、まだあるけど、アウトラインとしてはね、こいつがまた道で国防色の男に捕まって、その髪はなんだってこづかれてさ、やっと振り切って、床屋へ入って、丸刈り頼んで、電話借りて家へかけても出ないし、どこかけても出ない、漸く思いついて、こちらへかけたら、リーン、リーンて、呼び出してる。ドキンとしたね。出る。こりゃあ、出るってね」

「そう」

「奥さん」

「はい」

「稔君は坊主刈りにした方がいい。それから信子ちゃんも髪かなり切って、着るもんも考えないと、どんなめにあうかも分りませんよ」

「いいよ、ぼくは」と稔がいう。「坊主刈りなんて嫌だよ」

「ひどいめに遭うよ」と敏夫さんは、さとすようにいう。「現に、こいつなんか、午前中だけで十発は殴られてるんだよ。髪切るの絶対嫌だといいそうなこいつが、黙って坊主頭になったんだよ」

「でも――」と稔がいう。

「お父さん」と敏夫さんは、私にいった。

「戦争中の日本が、どんな風か、よーく分らせなくちゃ。相当徹底して教え込まないと、いまの子供は適応出来ないよ。殺されちゃうよ、この時代じゃ」

第四章　逃走まで

昼は、朝のパンの残りとレタスとトマトを分け合って食べた。スパゲッティも乾し蕎麦もそうめんも米（五、六キロ）もあったが、ガスが止まっている。花壇をかこむブロックをはずせば、かまどが出来る。古新聞を燃やしてもお湯ぐらいは沸く、と私はいったが、火はいけない、と敏夫さんはいう。

半日この家が見つからずにいるのは奇蹟といってもいい。煙を立てて人が来たら、どうする？　テレビのアンテナだけでも、戦時中の日本人にとっては「ひっくりかえるような」スパイの秘密兵器に見えるだろう。

「しかし、いつまでも火を使わないわけにはいかない」

「一回だけ使う」と敏夫さんは、人さし指を立てた。

「一回だけ？」

二人だけで裏庭にいた。何度も敏夫さんは、スコップで硬さを調べるように土を刺していた。

「おそくとも今夜、この家に、火をつける」

「冗談じゃない」

私はカッとした。敏夫さんの気取ったいい方と決定事項とでもいわんばかりの物言いに侮辱を感じた。

「気軽にいわないで貰いたい。人の家をなんだと思ってるんです？　家を建てるっていうのは、日本人にとっては、私生活における男子一生の事業です」

ひょっこりやって来て、燃やしちまおうなんて、と私は声が震えた。

「電気は止まっている」敏夫さんは、私の目を見て、ゆっくりといった。「水は出るけど、おそらく水道管の残り水じゃないかな？」

「家がなくなったら、私達は、どうなる？　どこへ寝る？」

「家があったら、どうなる？　ここへ警官なり兵隊なり警防団なりが踏み込んで来たら、この家をどう説明する？　持てるだけのものを持って、埋められるものは埋めて、燃やしちまうのが一番だよ」

「一番だなんて――敏夫さんは、ひとの家だと思って」

「他にいい知恵があるかい?」

「こんなことになって七、八時間しかたっていないんだ。燃やすのは諦めが早いと思うね。急にまた昭和五十六年に戻っちまうかもしれない。そうなったら、無意味に私の家だけがなくなってることになる。敏夫さんのマンションは、ちゃんと残ってる」

「俺はね、真鶴から品川まで、とにかく百キロ近い範囲で、どうしようもなく昭和十九年になっちまってるのを見てるんだよ。こりゃあ洒落《しゃれ》や冗談じゃないよ」

「洒落や冗談とは誰もいっていない」

「早いとこ持ってくものをまとめた方がいい。金が一文もないことを忘れないでね。もっとも、いまは金より物だ。物がありゃあなんでも手に入る。骨董《こっとう》なんてのは駄目だよ。そういう物は埋めておくといい。戦後になりゃあ、段々金になる」

「骨董なんてないよ。それほどテレビライターは儲からない」

「衣類とか、こういうスコップとか、実用品が、とりあえずは一番金になる。俺は、これから今夜の宿を見つけて来る。出来たらリヤカーぐらいは手に入れて来る。それにのせるだけのせて、埋められるものは埋めて、なるべく早くここをはなれる。夜、あんたと私で戻って、家に火をつける。石油、あるかな?」

「ある」

「火をつけることは、奥さんたちにには、いわない方がいいだろう」

落着きはらって、主導権を握ったつもりのいい方が気に入らなかった。しかし、めざましい反論も思いつかず、突然家を失い、金も失い、今夜の宿も分らぬという、誰に向けようもない憤懣が喉までみなぎって来て、手綱《たづな》をはなすと、目の前の敏夫さんに理不尽にあたり散らし、暴れ出しそうだった。

「いいね？」と敏夫さんがいう。

「いやだ」目を伏せた。

「いやだ？」

「無茶苦茶じゃないの」自制して泣き笑いのようになった。

「無論、無茶苦茶さ。大体、もとが無茶苦茶なんだから、対策も無茶苦茶だよ」

「本を――」

「本？」

「多少持っていっちゃいけないかな？」

なんということだ、敏夫さんに許可を求めている。

「そういう物は、どうかな」

「戦争の記録だよ。子供達に、今を、つまり昭和十九年を分らせるのに役に立つ」

「それなら、実用品じゃないか。いいさ。持って行こう。うちのにも役に立つ」

「ああ」

腹を立てながら、私は敏夫さんに頼っていた。失うものの大きさに圧倒されて、とても今は冷静な判断が出来そうもなかった。

「ひきはらう？」

居間で、妻は信じられないという声を出した。信子も稔も傍にいる。

「ひきはらって、どこへ行くの？」

「ここでどうやって暮す？　水も電気もガスもない」

「この家を、どんな思いで建てたと思うの？」

今度は私がさっきの敏夫さんの役割だった。しかし妻は、私のようにすぐには屈服しなかった。

「家を手ばなしたら、私たち、なにもないじゃないの」

「この辺の人間にとって、この家はいわば忽然と出現したＵＦＯみたいなものなんだ。新建材で、テレビのある家が、トラブルの種にならないはずがない」

「テレビは、それこそ穴を掘って、埋めればいいわ」

「穴を掘って埋めるものばかりじゃないか」

「あなたは平気なの？」

「平気な訳がない」

「方法があるはずだわ。自分の家から、訳もなく逃げ出す人間がどこにいて？」

「訳はある」

「簡単すぎるわ。この家はただの物質じゃないわ。私達のなにものかよ。シンボルといってもいいもんだわ」

いいはる妻に、少しも腹が立たなかった。あっさり家を諦めたら、むしろ失望しただろう。金は確かに私が稼いだが、土地捜し、設計士選び、大工の手抜きのチェック、不正会計の面倒、植木、登記にいたるまで、大半は彼女の手柄だった。

私は目をそらし、子供にいった。

「とにかく大事なものを各自まとめるんだ。埋めて残して行くもの、持って行くもの、分けてまとめて、カバンかリュックに入れてここへ持って来るんだ」

すると稔が、ちょっと途方にくれたような顔になった。

「大事な物なんて別にないな」

私は、めまいを感じた。

「ないことはないだろう。鉛筆だってボールペンだって買えなくなるんだぞ。チリ紙一枚、石鹸一個だって、手に入れるのが大変になるんだぞ」

しかし、稔にまだ実感がないのは無理もなかった。

「私はポケットカメラとカセットデッキと」と信子が指を折る。

「カメラは駄目だ。フィルムが手に入らない。カセットテープなんてものは、そもそもなかった時代だ。電池もおそらく買えないだろう。ラジオはNHKだけで、お前が録音したいような音楽などなにひとつやっていないんだ。音質も悪い。そういうものは箱へ入れて埋めるんだ。スカートとかオーバーとか靴とか下着とか」私はいら立った。「生きるために、最低限必要なものを優先するんだ」

「行きたくないわ」と妻が低くいう。「ここにいて、どんなめに遭っても構わないわ」

「どんなめにって――お前は高《たか》を括《くく》っている。この時代を、高を括ってるんだ」

いいながら私は、はじめて妻が戦後生まれであることを思い出した。そうか。彼女も知らないのだ。私だって小学校四年が昭和十九年である。戦時中の生活の本当の苦労をそれほど知っているわけではない。記憶も薄れている。しかし妻は生まれてもいなかった。戦争がどういうものか――それは空襲の中を走ったり、肉親の死を見たり、生と死の境を切り抜けたり、竹槍で戦う決心をしたり、恋人とひき裂かれるような別れ方をしたりすることであるよりなにより――食べ物や物の極端に不足した日常に耐えることであり、隣人たちの醜さを見ることであり、体制に従順な圧倒的な多数の者達の、異端な人間に対する容赦のなさを知ることであり、力を持った者の威丈高、国家の有無をいわせぬ強権などを思い知ることであり――「いいか」と私はいった。

「俺は、お前の意見を聞く気はない。いくら嫌がっても、いう通りにさせる。ぐずぐずいうなら、ひっぱたいてでも、そうさせる。夜までに荷物をまとめるんだ」

こんないい方をしたのは、結婚以来はじめてだった。いつでも意見を聞いた。しかし、いまは家族の安全をまもるために、つまり亭主の強権を発動して――。

「そうはいかないわ」

妻は反撃に出た。

「なんだと？」

「まるでそれじゃあ世間は甘くない甘くないって、就職する子供をやたらに脅《おど》かす嫌らしくてうだつの上らない親と同じじゃないの」

「よくこんな時に、そんな譬《たと》えを持ち出せるな」

外で声がした。四人ともドキリとする。男の声だ。敏夫さんではない。一瞬動けなかった。ミシリとダイニングキッチンで音がする。振り向くと、新也くんだった。

今までいたのに気がつかなかった。台所の窓から二歩あとずさり、私達の方を見る。顔が白かった。そして、ここに来て、はじめて私たちに言葉らしいものを口にした。

「兵隊だよ」

「兵隊?」「兵隊?」夫婦でほぼ同時に低く聞き返した。

「大将に、六、七人部下がいる」

「大将?」

私はそれが、軍隊の位階における少将中将大将の大将ではなく、ただ指揮官と部下というほどの意味であろうと分りつつ聞き返していた。なんて奴だ、大将だなんて無知すぎる。狼狽してとっさに新也くんに当っていた。

「八人も?――」と妻が震える声でいう。

「御免《ごめん》――」

怒りを含んだ若い声が、今度ははっきり聞えた。

「はいッ」

玄関へ行きながら、私は思わず敏夫さんを求めたが、とっくに仮《かり》の宿をさがしに出掛けているのである。

サンダルをひっかけて、ドアをあけた。

将校だった。多分、少尉――襟章の金線と星について、子供の頃はくわしかったのだが、今はまったく曖昧である。

将校だけが門の中に入っていた。倒木の向うに、六人の兵隊が立っている。将校は二十代後半であり、私はその顔を見て強い衝撃を受けたが、そのことはあと回しとということにする。

将校は、私に一瞥《いちべつ》をくれると、家を舐《な》めるように眺め回した。

「御苦労さまです」

私は軍人のように、身体を固くして十五度の礼をした。

「この家の建築は、何年前か？」

おそろしく威張りくさったいい方だった。

「はい。四年と五ヶ月ほどになります」

「うむ」

将校は、ゆっくりと枝折戸をあけ、庭の方へ見えなくなった。唸る声がする。レオだ。吠えなければいいが――。

「犬を飼っておられる」

将校の声がいった。

「はいッ」

私は急ぎ庭の彼が見える位置まで走り出た。

「いまどき結構な御身分ですな」

若僧のくせに、重みをつけた、年寄り染みた口をきいた。

「いえ。餌はもう勝手に、このあたりの物を食ってるようで」

「職業は——なにをしておいでですか?」

ゆっくりいうのだ。

敬語になっているが、ニュアンスは「この非国民め、なにをして食っとる?」といったところだった。

「さる筋の特命を受け」

これでもテレビライターであった。とっさにこのくらいのことはいえなければ、今まで食べて来られない。

「兵器開発に関わる研究をさせていただいております」

どうせ逃げ出すのだ。ともかくこの場を切り抜けることが必要だ。少し大味すぎる台詞《せりふ》ではあったが、細かくいうとボロが出る。

「うむ」

将校は考えるように花壇を見た。役職で嵩《かさ》にかかる奴は、権威を怖れるはずであった。

「お前たち――」

将校は兵達を見た。左端の下士官が「はいッ」といった。伍長の襟章である。それは私にも分った。金線一本星ひとつだ。

「なんべんこの山へ来たか？」

「四遍であります」

「このお宅に気づかないとは、どこを見て歩いとったかッ」

「はいッ」

将校は私を見た。ひるんではいけない。写真の山本五十六のポーズが、急に頭を横切った。それを真似て胸を張る。

「この先に、高射砲陣地をつくることについて、なにかお聞きですか？」

いやらしさは変らなかったが、かなり口調から威張りくさったところは消えていた。

「いいえ――」

「この山は軍が統轄し民間の立入りは、間もなく禁止されるはずですが」

「聞いておりませんね」

「それは川崎市の役所側の手落ちでしょう」

「立退きを命じられるということですか?」

将校は、こたえずに門の方へ向った。

「そういう事でしたらいつでも」と私はいった。淡々というように努めた。「お話を伺います」

「明日にも――然るべき者が、参るでしょう」時代劇のくさい役者のようにいって将校は敬礼した。

「御苦労さまでした」

節穴だ。この男の目は節穴だ。この家が、どれほど昭和十九年の建築からかけ離れたものかを、まったく見ていない。もっともらしく睨み回していたが、なにも見ていないのだ。安堵感がこみ上げた。

「しかし――」と門を出ようとして将校は立止った。

「は?」

「何故道がないのです? お宅へ来る道がない」

敏夫さんは、三時間ほどたって――つまり午後四時頃に漸く戻って来た。

リヤカーを手に入れ、大八車を借りて来たという。山の下の草叢につっこんである。「とられるといけないから、お前行って見張ってろ」と新也くんにいった。「人が来たって口をきくんじゃないぞ」

「何処だか分らないだろ」と口の中で、ぼそりと息子はいう。

ポカリと敏夫さんはその頭を叩いた。

「それはこれから説明するんだろうが」

新也くんが出て行くと「穴掘った？」と敏夫さんは稔のリュックを持ち上げる。

「お、重いな」

私がさる筋の研究をしている、と嘘をつき、係官が明日にも来るというのでは、妻も荷物を造るしかなく、持って行く物は、ほぼまとまりかけていた。

「穴は、新也くんにも手伝って貰って（実際はほとんど役に立たなかったが）敷地の外へ掘ったけど」と私はいった。「あまり大きくなくてね」

「いいよいいよ。ほら、向うの部屋のブリキの長持ち一つ入りゃあ沢山。それ以上は仕様がないよ」

「土の中で、どのくらい保《も》つものでしょうか？」と妻がきく。

「そこンところは分りませんねえ。で、その将校、どうやって追っぱらったの？」

「うん――」

本当に追っぱらえたのかどうか自信がなかった。追っぱらわれた振りをして、もっと大勢で来るということだって、ないとはいえない。

「道がない家ってェのは、変ってるもんなあ。バカでも変だと思うよなあ」

「兵隊さんがね――」

「うん」

「四回もこのあたりへ来て、気がつかなかったのも道のせいなんです。研究のために、道を消して、人目を避けていたのです」

「やるね、あんたも」

敏夫さんは、ハハハハと笑って、いきいきしていた。梨の倉庫を借りて来た、という。「いまは食糧増産で多摩川梨どころじゃあない。つくった芋や麦は、倉庫に入ってる暇もない。で、ガラクタ入れてるっていうからね。三日ぐらいと思うがって、腕時計を渡してさ」

「腕時計?」

「防水のデジタルでさ。曜日も出るようになってる」

「三日で――」どこへ行くつもりか? といいかかると、

「勿論三日なんていやしない。だからリヤカー手に入れたんでね。大体、兵隊が来たんじゃ、この辺は面倒だ。一晩のつもりで」さあ日が落ちないうちに片付けよう、と穴へ運ぶものを妻に尋ねながら、和室の方へ行く。

家との別れは、日没に追われて慌ただしかった。

信子と稔は、はじめて昭和十九年の家の外へ出て、何度か荷物運びで林を往復した。ほとんど口をきかず、文句もいわなかった。昨日までの整然と区画された住宅地が跡かたもないという途方もない事実に圧倒されたように、両手に荷物を持って黙々と歩きにくそうに雑木林を進む二人が哀れだった。

これからの日々には、コカ・コーラもなくハンバーガーもなく、ビリー・ジョエルもジャイアンツもFMもテレビも「ぴあ」も「ビックリハウス」も「少年ジャンプ」もサーティワンもマイコンもないのだった。

子供の適応力は素晴しい。しかし、あまりに違いすぎる世界だった。

他国をためらいなく敵と呼び、他国の人間達の死を——それも出来るだけ沢山の不《ぶ》様《ざま》な死を願っても許され、許されるどころかその殺意をほめられ、天皇陛下には無条件の畏《おそ》れを抱き、その命令とあらば自我などチリ紙の如く捨ててかえりみず、美意識の洗練は軟弱と侮蔑され、国家のために死ぬことが美しく、個人の幸福を願うものは見苦しく思えた時代だった。予備知識なしに、ほうり込める世界ではなかった。教えることはいくらでもあった。

「レオは置いて行く」

最後に不意打ちのように私は家族にいった。反対は覚悟していたが、出来るだけ短い時間にしたかった。「これからの生活はとても犬を飼えるようなものではない。レオは、私たちより余程たくましく自分で生きて行くだろう」

「つないだままで?」と信子がいった。

「無論はなす」

「ついて来るわ」

「庭へはなす。今日一日は庭から出られないが、明日人が来るという。枝折戸をあけるだろう。とび出して行くさ」

稔は、なにもいわなかった。黙って最後の荷物を肩に掛けた。

「行きなさい」

妻と信子と稔を歩かせてから、庭へ入り、レオの綱をはなした。声をたてない。声をたてずに、すがりつくように私にまとわりついた。

「すぐ帰って来る。すぐだ」

おそらく家を燃やしに、夜――。それまでは自由にしていろ、と私は居間のガラス戸を一枚あけた。

火をつけてから、どうやってレオをはなし、私について来ないようにするかについては方策がなかった。いざとなれば麓の木にでもつなぐ他はないだろう。

好きでよくじゃれて遊んでいた黄色いテニスボールを、居間へほうった。レオは一瞬ためらった。決して居間へは上げなかったのだ。しかし、次の瞬間、解き放たれたようにかけ上った。

素早く枝折戸へ行き、その戸を閉める。居間で何かが落ちる音がした。はなれながら、サイドテーブルに置いたテレビのリモートコントロール・ユニットだという事に気付く。昨日なら大騒ぎをしただろう。

梨の倉庫は、黴《かび》や枯れた作物のような臭気がたちこめていた。

八畳ほどの広さだったが、奥の二畳ばかりは汚れた木箱や水運びなどに使う丸桶などが積まれていて、その前に縄が張ってある。

貸主は、腰がほぼ九十度に曲った小柄で皺だらけの老人で、二十メートルほど離れた母家《おもや》から、私達の到着を見ると提灯《ちょうちん》をさげてやって来た。近づくと、思いがけない甲高い女のような声で、私たちに叫んだ。

「縄張ったからな。縄の奥へは入るなよ。触るなよ」

それは、犬にでもいうような口調だった。

「触んない触んない」敏夫さんは陽気にこたえた。「俺たちが下肥えの桶を盗んだって仕様がねえだろ、じいさま」

「火使うなよ」

「そりゃ駄目」けろりと敏夫さんは、つっぱねる。「まだ夕飯食ってないんだよ。このあたり石積んで、粥《かゆ》ぐらいつくらせて貰わなきゃ腹へって眠れやしないよ」

「駄目だ。火焚けば、目につくだ」

「俺たちはね、国家の命令で強制的に立退きをくった帝国臣民なんだよ。お上《かみ》だってね、犠牲をはらって強制疎開に応じた人間たちには、進んで出来る限りの協力をしろって、ラジオだって新聞だっていってるでしょうが」

「そういうことは、俺は知らねえ」

「じゃ、い、かまど使わしてくれるかい？　子供もいるんだよ。あてにしてた空家に人が入っちまってたんだよ。御国のためにこうやって苦労してるんだ。飯も食わせねえって法はないでしょうが」

「なんだ、これ？」

老人は大八車の荷物の隅にさしてある蝙蝠傘《こうもりがさ》に近づいた。

「なんだって、傘だよ。傘をじいさま知らねえわけがねえだろうが」

「置いてかねえか」

「そりゃ駄目だよ。この傘はね、そこらにある傘とは傘が違う。いいかい」敏夫さんは、傘を引き抜くと素早く刀でも構えるように老人の目の前に石突きを向けた。

「なにをするだ」

老人は、尖端恐怖症のように、大げさに腕で目をかばう。ボワッ。音がして傘が開く。あっと老人は敏捷に一歩とびのいた。提灯が揺れ、倉庫に映ったわれわれの影が大きく揺れた。やりすぎだ、と私は思ったが、敏夫さんは平気で、

「どうだい？　一発で開くんだよ。魔法蝙蝠っていってね」と傘をつぼめると老人に近づき「ここ押しゃあ、バッ。一発で、バッ」ボワッとまた開いて「どうだい」とまたつぼめる。

「うむ――」

老人は、いかにも欲しそうだった。姿は陽当りの縁側で昼寝が出来れば何もいらない、という枯れた印象だが、ワンタッチの傘に目を輝かし、防水デジタルはすでに手

に入れているのだ。

「この傘は、じいさまよ。かまど貸すぐらいで渡せる品物じゃあないよ。今夜これから白米の握り飯六人前に、大根かなにかの味噌汁、それから明日の朝、ふかし芋十二本それから米三升っていうのはどうだい」

「バカいうじゃあねえ」

老人は閉口したように鼻で笑ったが、結局敏夫さんは、それらを手に入れたのだった。

蠟燭《ろうそく》の灯りで、土の上に敷いた莚《むしろ》に坐って、握り飯と味噌汁の夕食をとった。うまかった。稔は「キャンプだ、キャンプだ」といい、漸《ようや》く笑顔が浮んだ。

「ほんとだ。キャンプのようだね」と敏夫さんは笑った。

「結婚式場の人だっていったでしょう」と信子が口をひらく。

「そうだよ」と敏夫さんはにこにこする。

「ございます、なんていう人かと思った」

「いうさ。仕事になりゃあ、パッと蝶タイ締めてさ。えー御新郎さまの御親族さまはこちら側、御新婦さまの御親族さまはこちら側でございます。一列にお並び下さいませ。お待たせいたしました。只今より、式場の方へ御案内させていただきます。式場へお入りになりますと、正面に祭壇、それに向ってこのままの形で左右の席にお回りいただいてお掛けいただきます。御仲人さま御夫妻は、あ、ちょっと坊やちゃん、こら、おこらこら、メッ、メーッ、お母さま、このお坊ちゃまのお母さま、坊ちゃまが御新婦のおスカートをまくっております。おスカートを――」

歯切れのいい話振りに、信子も稔も、妻まで楽しんでいた（新也くんは、表情がない）。中学生の敏夫さんには、まったくなかった陽気さたくましさだった。私はわれながら影が薄く、いってみれば人格負けという思いだった。

「だけどね、そいつは仕事。こっちはあんた上流社会に住んでるんじゃないもん。家へ帰ってまで、はいはい、ただいまお帰りになりましてございます。ごはんは、お鰹《かつお》におまんまにお奈良漬けでございますか、なんてわけにはいかないでしょう。あー、思い出しちゃった」

「なにを？」と信子がきく。

「鰹のたたきで、真っ白――い御飯、食べたいなあ。ごめんね、こんなこといって」

一度横になり、十時すぎに身体を起した。「なに？」と妻が声をかける。眠れなくて当然だが――。

枕元の懐中電灯をさぐりながら「ちょっと明日からのことをな」といって灯りを人の目に入らぬようにつけた。

「奥さん――」と敏夫さんが入口に近い位置で起きながら「まかしといて下さい。休んでて下さい」といった。

月のない夜で、湿り気がたちこめていた。梅雨《つゆ》が近くまで来ている。雨が降り出したら、みじめだろう。

電池を節約するために外へ出て戸を閉めると灯りは消した。遠くいくつかの人家の弱い灯りが見える。他は闇だった。

「やっぱり、家は今夜燃やした方がいいだろうか?」

私は暗闇に向っていった。

「状況がちょっと変ったね」と敏夫さん。

「うむ」

「兵隊があんたを見ている。今夜、火事がありゃあ、あんたを捜すだろう」

「すぐ見つかる」

「見つかるね」

「しかし明日、誰かがあの家へ入って、電気冷蔵庫だの、テレビだのを見たら、どうなるだろう」

「やっぱり、あんたを捜すだろう」

「今夜か明日の違いか」

「明日の朝、子供には可哀そうだが、出来るだけ早く此処を出る。荷物は持てるだけ持って、あとは泥棒に預けるようなもんだけど——」

「ここへ置く？」

「そう」

「ここへも捜しに来るでしょう」

「しかし、じいさまは荷物が惜しい。あわよくば、自分の物にしたい。隠せるだけは隠すだろう。いまも私らに倉庫を貸したことを隠している。うまい儲けは、とにかく隠す。羨ましがられて近所になにをいわれるか分らない」

「で、何処へ行きましょう？」

「うむ——」

「実は——」と私はいった。「考えていたんだけど」

「うむ？」

「自分があの頃、田舎へ疎開したせいか、田舎へ行くのが嫌なんだなあ」

「俺みたいに東京で、二度も三度も空襲にあうのも辛いよ」

「さっきのじいさまを見てると、思い出してね」

「うむ――」

「疎開者は、たしかに癇《かん》にさわったろうし、力はないし、寄生虫みたいなところもあったけど、それにしても、田舎じゃあ、いじめられたからねえ」

「うむ」

「子供に、あんな思いをさせたくない」

「うむ」

「分ってるわけよね」

「うむ？」

「これから終戦までに、東京の何処が空襲にあって、何処があわないか、私らだけは、漠然とだけど、分ってるわけよね」

「――そうか」

「このまま戦争中をずっと生きるとすると、そういうこと分ってて、利用するっていうのは、気がささないでもないけど――」

「この際、仕様がないんじゃないかねえ」

「うむ」

いいながら小さな気がかりがあった。あの将校の顔である。しかし、私は忘れることにした。

「そうか――たしかに練馬区なんてほとんどやられてないし、杉並も少ないって聞いたなあ」

「勿論、そういう情報は広く知らせる社会的責任てものもあるだろうけど、それは歴史を変えるってことになりかねないし、それでも今後、たとえば広島長崎に原爆が落ちるなんてことは、なんらかの手段で訴えようと思うけど」

「無駄よ」

「え？」

「無駄。どうせ流言蜚語《りゅうげんひご》。易者の世迷い言だって、逮捕でもされるのが落ちよ」

「うむ」

倉庫の戸のあく音がした。

「誰？」

私が聞くと「わたし――」と妻の声だった。

「どうした？」

「肝心なものを忘れて来たの。お母さんの、瑪瑙《めのう》の帯留め」

暗闇の雑木林へ、懐中電灯ひとつで入りながら、一緒に来てくれる敏夫さんに、私はつい愚痴をこぼした。

「そんなに高いもんじゃないのよねえ」

「仕様がないよ」

「実家のお袋さんの形見となると、いいじゃないか、とはいいにくい」

「そりゃそうよ」

「肝心なものなら、何故忘れるんだ」

「そういうもんよ」

道のない暗闇の雑木林の歩きにくさ、方向の分らなさは予想以上だった。いやというほど切株に向う脛《ずね》をぶつけたり、低い枝で頭を打ったりして、しかも方向に確信が持てないのだ。火をつけに来るつもりだったのだから、妻を呪うのはフェアではなかったが、つい「女って奴は」と勝手なつぶやきが口から出て、黙って歩く敏夫さんに、また負けたような気がするのだった。

「消してッ」

鋭く敏夫さんがいって、私の腕を摑んだ。

暗闇――。

前方の樹間に灯りが動いた。一つ、二つ、三つ。懐中電灯だ。

「兵隊だ」と敏夫さんが小さくいう。

「家の前だ」私はあえぐような声になる。

不安定な灯りの中で、意外に近くわが家の軒や玄関が、きれぎれに見える。兵隊は、五人や六人ではなかった。

「かなり、いるね」

声が少し震える。

十数人はいる。裏へ回った人数があれば二十人を超えている。軍服の男達が武器を持ち、音をひそめて着実に配置について行くシルエットは、それだけで私を無力感につき落す力があった。

「どうもあっさり帰りすぎると思ったんだ」

敏夫さんの手が黙れ、というように、私の腕を摑んだ。

玄関の前に黒い影が立つ。その影が玄関に懐中電灯を向けている。他の灯りは、いつの間にか消されていた。

「御免」

あの将校だった。声は思ったより遠く、目前の動きのように見えた光景にはじめて二十メートルほどの距離を感じた。

懐中電灯が動き、庭へ入る。レオがいる筈だった。しかし、気配はなく、灯りは居間のガラス戸に向いた。その一枚があいている。私があけて出たのだ。灯りは、そこで止まり、その意味をさぐるように数秒がすぎる。

「誰も、おらんのか？」

将校の声がいう。

また無言の一瞬が流れる。

将校は懐中電灯を居間に向けたまま、短く背後の暗闇になにかいった。

忽ち黒い影が、わらわらと銃や帯剣や軍靴の音を重くひそませて庭に満ちていく。影の中から別の懐中電灯がつけられ、同じく居間を照らす。おくれてもう一つの懐中電灯も庭から居間のガラス戸を照らす。そのゆらぎの中で、兵たちが銃を構えるのが見える。

「出て来い。おるなら、出て来い」

将校の声は、若すぎて、背後のものものしさに比べて、やや貫禄に欠けた。

また静寂――。林のかすかな雑音。

それから将校の肩から緊張がふっと抜け、ここからでは不分明な――おそらくは「逃げたか」とでもいうような声をあげ、ほとんど無造作と思える動きで靴のまま居間へ上った。

グオーッ。

灯りが瞬間に乱れ、将校が激しくガラス戸にぶつかった。レオだ。しかし、姿は見えず、一瞬兵たちは動かず、カーテンだけが揺れ、将校はひとり見捨てられたように格闘の音をたて、それからまたガラス戸に激しくぶつかって、とび出した。

「撃てェ！　撃てェ！」

少年のような声で、泣くように将校は叫んだ。

一斉の銃火だった。

ガラスが無音で砕けるように見えるほど銃声が林を満たし、炒りたてられたような閃光の中を、レオが一瞬跳躍するのが見えた。撃たれてはいなかった。

家の中が、めらめらと明るくなる。火だ。

「石油だ」

冬の残りのプラスチックの石油容器を居間の隅へ出しておいたのだ。

「逃げよう。燃え上ったら、見つかる」

敏夫さんが、あとずさった。兵士の怒号のような声が聞える。逃げるといっても、途方にくれる暗さだった。

「懐中電灯は、まずいだろうね」と這うように続きながら私はいった。

「手をつなごう」

敏夫さんが手を出し、私はそれを摑んだ。走った。身をかがめ、手をひろげて、一人が樹にぶつかれば一人がころがり、ひき起こし、ひき起こされて、二人で走った。はたから見れば走るという速度ではなかったに違いないが主観的には全力疾走だった。シャツが破れ、ズボンが裂け、樹間からやや空のひろがりが見えて、それを目ざして走り、足をとられ、斜面をころがってすべり落ちると、山道へ出た。しかし、すぐ二人で、ジャンプでもするように斜面へとび戻り、手をはなし、這い上って身を伏せた。

山道を、十数人の男たちが、走るように登って来る。提灯と懐中電灯だった。「トントントンとえらい銃声で——」「燃えとる」「梅雨の前で林はしめっとるだろうが」

「燃えとる」「水はねえぞ」「ああ、上るもんじゃねえ」

村の男たちのようだった。

やりすごして、とびおりると、坂をかけおりた。おそらくひどい姿に相違ない。人に見られれば怪しまれるだろう。

村道へ出ると、また走って山へ向う一団が通った。小さな地蔵堂のかげへ隠れる。

「あー、燃えとる」「ひろがるぞ」消防団のようだったが、棒のようなものを持つだけで、何処まで消す気があるか、走りながらも、さしせまった緊張がなかった。年寄りか？　そうだ、若い男がいないのだ。若い男は戦場だった。

女の声がする。「ああ」と山の炎を見た声だ。子供の声もする。

「あそこ、ばあちゃん」

少し走ると横手から、また数人の男が山の方へ走って行く。女たちが、出て来る。

身を隠してその動きの間隙を窺う。はじめて山の方を見ると、空が禍々《まがまが》しく炎の揺らぎを照り返して赤く、煙が高くのぼって行く。

「トラックだ」

横で敏夫さんが息をつくような小声でいった。

「え？」

狭い村道が県道と合流する手前に、一台のトラックが停っていた。

「トラックがある」

「軍のだな」と私がいうと、

「今時、軍ぐらいしかトラックはないだろう」

いい終えないうちに敏夫さんは、するすると身をかがめてトラックに近づいた。あとを追う。

「いない。誰もいない」

敏夫さんは、ためらわずにドアを開けた。

「まずいよ、敏夫さん」

「鍵もある」

「捕まったら生命《いのち》にかかわる」

「家一軒燃やされて、なにいってるの」

敏夫さんは、エンジンをかけた。

「やめた方がいい」

しかし、トラックはみるみる動き出し、それからライトがついた。私は、あいたドアを押さえ「敏夫さん」と少し走り、トラックがかまわず早くなるので、ステップに乗って「敏夫さん。いくらなんでも、この時代に軍のものに手を出すのは――」といいつのると、「いま逃がしたらお終《しま》いだぞ」と敏夫さんは、ハンドルを乱暴に回しながら荒々しく怒鳴った。

「火がおさまったら、この辺シラミつぶしだ。そうなりゃあ、じいさんなんぞ簡単に裏切る。捕まるのは、俺よりあんただ。ガタガタいわないで、荷物のせて、ふっとばすんだ」

私はそれ以上声が出ず、ステップに乗ってドアを押さえ、ほうり出されまいと摑まりながら、家族のいる梨倉庫の前へすべり込んだ。

「みんな起きろッ。荷物をのせられるだけのせるんだ」

敏夫さんは、大声をあげ、倉庫の戸を大きくあけた。

私も、もう迷わなかった。

「起きて、トラックへ積むんだ」

それからは、もう夢中で、敏夫さんとリヤカーを積み上げ、いつの間にか妻も信子も稔も――新也くんも、息を荒らげて荷物をトラックへ積み上げ、

「乗るんだ。もういい、乗るんだッ」

という敏夫さんの声で、私は荷台へかけ上って次々とみんなをひっぱりあげた。

「オ、オ、オ、なんだ、お前ら——」

老人が母家から漸くとび出し、高い声をあげた時は、トラックは走り出していた。

腰を曲げて追う老人の姿は、忽ち闇に消えた。

「あ、なに？　あれ」と妻がはじめて山の火に気がついた声を出した。

「燃えてるんだ。家《うち》が燃えている」

私は、はずむように揺れるトラックの上で妻に向って叫んだ。

「家が？——」

そういう妻の声も激しく揺れた。ひどい道だった。

信子も稔も声はなく、夢中でトラックに摑まりながら山を見ていた。

山の炎は、高く燃え上り、黒煙は更に夜空にのぼってひろがり、揺れながら、みるみる遠くなっていく。

第五章　適応と反撥

杉並区の、三鷹市に近いT町の借家で、私たちは昭和十九年を暮しはじめた。畑の中の古い一軒家で、八畳の座敷、六畳の茶の間、玄関脇に四畳半という平家《ひらや》で風呂などはなかった。

あの夜、トラックは府中まで走り、見つけた林に荷物を下ろし人も降り、敏夫さん一人が、そのトラックで小金井、小平、東村山と走り、所沢の山で車を捨てた。

朝を待って私は、いくらかの金銭代りの品物を持って、もう一台リヤカーの調達に出かけた。妻たちは、朝食に芋を焼いた。

府中は早晩探索の手がのびるであろう。敏夫さんが戻るのを待って、出来るだけ早く立去る必要があった。

そして、杉並のこの借家も仮の宿のつもりである。十一月になればサイパンからの

Ｂ29爆撃機が東京を本格的に空襲するようになるはずであり、そうなれば急速に東京市民の地方への疎開が早まり、空家はどこにでもあるという状況になる。そうなったら、青山、赤坂はどうだ、あのあたりで空襲にあわなかった地域に越せばいい。「いくら焼けなくたって、あのあたりの空襲はもの凄かった。なにも無理して引越すこともないんじゃないかなあ」と敏夫さんはいう。

まあそれが正論であり、結局、青山、赤坂には越さなかったのだが、一九八〇年代には高価で、とても手の届かぬ土地なのでテレビライターは、せめて昭和十九年で思いをはたしたいと願ったのである。

引越したその日に、隣組組長の老人と防空防火訓練の群長という四十代の女性がやって来た。親切である。米や大豆や粉はどこの配給所、魚や芋などは隣組配給で、月番が十軒ほどの分を配給所からとってきて、人数割に組長宅の庭で分配する、などという。どこから来ました？　というので、とっさに浅草区で強制疎開でとりこわしになって、という。いいながら父を思い出す。父も私達子供をつれて、神奈川県のはずれに疎開し、土地の人にそう説明したのであろう。

坊やがいますね、何年生？　と女性が聞いた。稔はそのとき奥にいて顔を見せていない。事前に観察されていたのである。もっとも、そのくらいは当然かもしれない。

「五年生です」

「では、U国民学校ですね。ここでは朝八時に、この先の神社に集合して、高等科の生徒が引率して二列縦隊で登校します。校門に週番がいて、防空頭巾や胸の名札、服装を検査して、週一回の地域集会で、よくなかった班は注意されています。班の連帯責任になりますから、だらしがないとお子さんがいじめられることになりますから親御さんは、よくお気をつけになって下さいね」

「ああ、それから校庭の奉安殿への最敬礼は浅草でもそうでしょうが、ここの学校は、他に二つあってね」と老人がいう。

「ええ」と群長が引き継ぐ。「忠魂碑が校庭にありますし、それから二宮尊徳さまの御像もあって」

「その二つにもお辞儀をしています」

稔にいったいなにから説明したらいいだろう。「高等科」がまず分らない。「奉安殿」「忠魂碑」「二宮尊徳」「防空頭巾」。

「防空演習は、いまのところ月に二回です。でも、予定が何日も前から分っている訓練では、本当の訓練にはならないのではないかという疑問が地区集会で出まして、来月からは不意打ちで訓練いたしますので、いつなんどき、警防団の方から伝令が来ましても、すぐ演習に参加出来るように準備をしていて下さい。ゲートルに戦闘帽、国民服に防空頭巾か鉄かぶと」

「あらためていわなくてもいいでしょう」

「ほんと。まあまあこちらは男の方がお二人もいらして、いずれ群長や伝令役を引受けていただかなくては。フフフ」

「お勤めは、どちらです？」

「目下、ちょっと失業中です。つまり、大分浅草から遠くなったので」

「もったいないわ。この非常時、あなたのような方のお力は、どこの工場でも必要としておりましょうに」

群長の女性がとめどなくなり、組長の老人が閉口してひっぱるように帰ったときは、一時間半余もたっていた。

「ひっそり暮すわけにはいかないね」と玄関脇の小部屋で息をひそめていた敏夫さんが襖をあける。

「国民総動員だからね」と私も気が重い。

男十二歳から六十歳。女十二歳から四十歳の国民は、国民登録を義務づけられ、いつ戦場や軍需工場へ行くように命じられても断ることが出来ない。登録しなければ

「非国民」である。犯罪者である。国家の重大時に、米英撃滅、国土防衛、戦時資材の増産、食糧の確保、輸送力の増強などにわが身を捨てる気のないものは、日本人とはいえない。

日本が負けてしまえば、すべてを失うのである。アメリカは負けた日本人になにをするか分らない。男は去勢されるか殺され、女は凌辱され、国家は消滅する。そのことを思ったら、国民はどんな犠牲でも払えるはずである。この国家の危機に、ひとりひとりの小さな幸せがなんであるか？　ひとりひとりの小さな生命がなんであるか？

「だからまあ、この時代に生きる限り、国民登録は仕方がない」と敏夫さんがいう。

「それやらなきゃ配給も受けられない。しかし、俺たちは、戸籍がないんだよね。区役所へ届けるにしたって、前にいたところの戸籍謄本がいる。稔ちゃんが学校へ行くにしたって、前にいた学校の成績表やなにかがいるだろう」

「用紙が手に入らないだろうか？」

「用紙？」

「戸籍も昔は――というか今というか、つまりコピーではないでしょう。手書きでしょう。戸籍謄本の用紙を手に入れて偽造する。市長の印鑑がなんとかなりゃあ、つくれるんじゃないだろうか？　成績表だって――通信簿といったか――用紙を手に入れてつくることは、そんなに難しくないんじゃないかな？　なにしろ物がない。私の持ってる五十円のボールペンで、用紙の二枚ぐらい手に入らないだろうか？　学校の使っていない通信簿用紙にしたって、そんなものを本気で欲しがっている人間がいると は向うも思っていない。手に入れるのは簡単じゃないだろうか？」

「やってみるか」

「やってみましょう。もちろん戦時中の国民学校へなんか稔を入れたくはないが、入れなきゃなにをいわれるか分らない。国民登録も寄留《きりゅう》届けも出したくはないが、この時代に配給を受けずに生きて行けるかどうか分らない。だいいち、まわりから非国民扱いされて、石投げられて、とうてい住んではいられなくなるし――」

そこまでで私は絶句した。

「う？」と敏夫さんが、私を見る。

「信子」と台所で妻の声がする。「お皿出して。お昼にするから」

プラスチックのピクニック用の皿やコップだけを持ち出して来たのだった。

私は考えることがありながら、それをしばらく棚にあげて、昼食をとりながら、信子と稔そして新也くんにも分るように、奉安殿の説明などをした。奉安殿は、どの国民学校（小学校をそのようにいったのだ）にもあり、それは神社の本殿のミニチュアのようなデザインで、中に天皇陛下の写真が入っていて、それは学校のなによりも大事にされ、火事の時には校長が真っ先に火から守るべき存在であった。

「写真が？」と稔はよく分らない。

「ネガじゃないんでしょう？」と信子もいう。

「もちろんネガじゃない。いくらでも焼き増し出来る写真だ」

「だからって、外へ行って、バカバカしいなんて顔しちゃ駄目だよ」と敏夫さん。

「この時代にはね、そんなことは心で思っても、絶対に口にはしないんだよ。不敬罪といってね。その写真の悪口をいったら逮捕されちまう」

「まさか」と信子。

「まさかじゃない」私は、わだかまりがありながら、信子の反応が、この時代ではいかに危険なものか、という説明をしてしまう。

「天皇陛下は、神様ということになっているんだ。天皇が人間だ、ということになったのは、戦争が終ってからなんだ」

「いたよねえ」と敏夫さんがいう。「写真を火事で燃やして、申訳けないって自殺しちまった校長が」

「やだア」と信子。「どうして神様だって思えるのかしら?」

「ま、神様なんてもんは、そういうもんよ」と敏夫さんは、次第に油がのってくる。「鰯《いわし》の頭も信心っていってさ。魚の頭だって、神様だって思えば思えちまうって昔からいうんだよ。ほら、神社の御札なんてもんだってさ、紙だよね、でもただの紙だとは思っていない人がいっぱいいる。高いお金出して買ったりする。写真一枚失くして自殺するのは、いかにも馬鹿のように見えるけど、その校長には、ただの写真じゃなかったのよ。ほら、お母さんの写真、踏める? 踏めても踏みにくいでしょう? だけど、よその人は、信子ちゃんのお母さんの写真なんて、平気で踏んじゃうかもしれない。そういうふうにね、人間ての は一枚の紙だって、いろいろに感じちゃうのよ。だから、ひとがただの写真を大事にしてるって笑っちゃあいけないの。その人には命から二番目に大事なものかもしれないいんだ。そう思ってさ。奉安殿てものがあったら、頭を下げて、悪口はいわないこと」

敏夫さんは、意外なほど明快な説明をした。成績がよかった小学生の敏夫さんを思い出す。

「それからね。アメリカをほめたりしたら、これは絶対駄目。信子ちゃんや稔ちゃんは、アメリカ人の方が日本人よりカッコいいと思ってるでしょう?」敏夫さんは続ける。「ところがね、戦争中のおじさんなんかね。アメリカ人は、なんて気味が悪くて醜いんだろうと思ってた。もちろん逢ったことなんかないんだよ、戦争してるから。でも写真なんかで、白人見るとね。目がほら黒くない、緑色だったりする。それがもう得体が知れない。肌が桃色で、まだらに赤かったりして、胸なんかにモジャモジャ毛がはえていて、大きくて鬼みたいで、残忍そうで、足が長すぎるから不安定で、そのてん日本人は髪も目もすっきり黒くて、足も短くて重心が低いから、ドッシリして格好いいなあって、本気で思ってた」

信子も稔も笑っている。

「どっかのグループと喧嘩しようとして仲間が集まるとするよね。そのとき、仲間の一人が、相手のグループのことをほめたら、みんないい気持しないよね。それと同じ。いまの日本はアメリカと戦ってるんだから、外へ出たら、アメリカ——っていわないんだな、あの頃は——じゃない、つまり、いまは、米国っていうんだけどね、米国をほめたりは絶対にしないこと」

信子と稔が、うなずく。

「日本の悪口とか、戦争は敗けるとか、そういうこともいっちゃいけない。これも逮捕されちゃう。またいうようだけど、喧嘩してる時、仲間の一人が、向うは強いなあ、こっちは負けそうだなあ、なんていえばいい気持しないよね。だから、外へ行ったらね、日本は勝つ勝つっていってればいいの。じっさい、ほんとに勝つと思ってる人いっぱいいるんだから」

それから敏夫さんは、少し自分だけでしゃべりすぎたと思ったのか、私の方を向いて「なんか他にない？　お父さん」という。

私は、黙っていたいような気がしていたが、行動面だけではなく、現状の説明というような、いわば「知的」な面でも敏夫さんに差をつけられては、子供の手前格好がつかないような気もして、

「そう。やっぱり国家総動員法かな」というと、

「ほら、お父さんのは、グーッと高級だ」と敏夫さんが花をもたせてくれる。

「稔には、ちょっと難しいかもしれないが」

「うん」

なんだか敏夫さんのしゃべり方に比べると、教育番組の嘘っぽい父親が猫撫で声で歴史の説明でもしているような気分になったが、話しておいて悪いことではないのだ。

「簡単にいえば、いったん戦争がはじまったら、政府は国民のなにからなにまでを決める権利を持つという法律のことだな」

「全然、分らない」と稔がいう。

「ま、分らなくてもしょうがないが、とにかく、戦争がはじまったら国民は自由にしちゃあいけない。たとえば、お米とか野菜とかも勝手に売り買いしてはいけない。運動靴だって、政府が十人に一足と決めれば、十人でクジをひいて誰かが一足手に入れるというようなことになる」

「運動靴を？」

「ああ、運動靴でも衣類でも鉛筆でもノートでもだ」

「やだ」と信子。

「それから、あいつを兵隊にしよう、あいつはやめといてやろう、とか、そういうことも政府の自由で、国民は嫌だとはいえない。女の人だって、そうだ。戦争に必要な工場の工員が足りないとなれば、徴用といってね、十四歳ぐらいからかな」

「じゃ、私も？」

「ああ。ある日郵便で、あの工場へ行けっていわれれば、行かなくちゃいけない」

「この家は、戦争をするのに邪魔だと思えば壊せるし、使いたいと思えば住んでる人を追い出して使うことも出来るわけよ」と敏夫さんが補足する。

「本とか雑誌も、政府が出していいといったものだけしか出せないし、こんな商売はやめさせたいと思えば禁止することも出来る」

「嫌だっていったら？」

「そりゃ大変よ」と敏夫さんが、とんでもない、という声を出す。

「三年以下の懲役、一万円以下の罰金」

と私はにわか勉強の記憶でいう。

「一万円？　当時のお金で？」と妻が驚く。

「いまの一千万円以上だ」と敏夫さん。

「しかし、金を払えばいいってものじゃない。国が戦争をしているとき、それに協力しないっていうのは、裏切り者だからね。実際には、殴られたり、金じゃすまなくて牢屋へ入れられたり、誰も相手にしてくれなくなったり」

「そうそう」

「だからみんな国の命令に従った。戦争をはじめた以上勝ちたいしね。勝つための犠牲だったら我慢しようと国民は思っていた」

「そう」と敏夫さんが、うなずく。

「だけど政府が強くなりすぎると、役人は威張るしね」

「役人だけじゃない。ちょっとでも、なにかの位置にいる奴は、みんな威張ったよ。

得をしようとした。賄賂《わいろ》を取ったりね」

「親戚だと特別にしたり」と私がいうと、

「そういうのが一番嫌だったよなあ」

敏夫さんは思い当るのか、不意に声が震えて、口惜しそうないい方になった。みんな、敏夫さんを遠慮がちに、ちらりと見た。

敏夫さんは自分でも気がついて、気持を変えるように、本でも読むような口調で、思いがけない一節を口にした。

「日本ヨイ国　キヨイ国」

私はちょっと驚いて「よく覚えているなあ」というと「覚えてない？　修身」という。

「あ、修身の教科書だっけ？」

「そう、修身。日本ヨイ国キヨイ国、世界ニヒトツノ神ノ国」

「そうだった」

敏夫さんは教科書を両手に持つ仕草をした。

「日本ヨイ国、強イ国」

私は思い出して、次を続けた。

「世界ニカガヤクエライ国」

「よくいったもんだねえ」

「ほんと」

しかし気がつけば、それは過去の話ではなく、いまその時代を私たちは生きているのだった。子供たちは、これからその世界へ足を踏み入れて行くのだ。感傷にふけっているときではなかった。

「まだ信子も稔も、あまりピンとこないだろうが、いまはなにからなにまで足りない時代だ」

「持っているものは、摑んではなさないでいなきゃあいけない。誰かにあげたりすれば、きっと後悔するからね」

夕刻から雨模様になり、夜になると六月とは思えぬほど肌寒くなった。子供たちをやすませ、茶の間で妻と敏夫さんと三人で白湯《さゆ》をのんだ。

「戸籍謄本の用紙は、やっぱり浅草区役所で、手に入れた方がいいだろうね」と敏夫さんは、プラスチックのカップを熱そうに持つ。

私は別のことを考えていた。「うむ」と生返事になる。

「浅草——怖いね」と敏夫さんが苦笑する。

「怖い？」

「だって、十歳ぐらいの自分がいるかもしれない」

「ほんと」と妻がいう。「私は、うまれていないけど、父たちのいた田端のあたりへ行くと、父や母が若い顔で、赤ん坊の兄と暮しているのかもしれないと思うと、なんか怖いような気がするわ」

「うむ」

「思わない？　あなた」

「むろん思わなくはないが、もしかするとこれはそっくり過去へ戻ったのではなく、なにか別の要素が入っているという気がするときもある」

「別の要素って？」

敏夫さんはカップをおく。妻も私を見ている。

「家へ来た将校を見たか？」

私は妻に聞いた。

「ええ。窓から、そっとだけど——」

「毎週来るクリーニング屋に、実に似ていた。いや似ていたというより、クリーニング屋そのものだと思った」

「だって――」

「そりゃ、しかし」と敏夫さんもいう。「他人の空似か、その男の親父さんか、とにかく別人だと考えた方が理屈には合ってるな」

「もともと、今度のことは理屈では説明がつかない。あれがクリーニング屋だって不思議はない」

「あの愛想のいい人でしょう？」

「そうだ。あの愛想のいいクリーニング屋が――」

「すごく威張ってたじゃない」

「だからさ、だから――いわば二重に怖かったといってもいい。あのクリーニング屋でも、戦争になって、ああした位置につくと、あんなふうに威丈高になるのか、と思った」

「でも、それじゃあ、私たちは、いまどこにいるの？　過去でもないわけ？」

「そりゃまあ一種の錯覚だな」と敏夫さんもいう。

「実は、それだけじゃないんだ。山の下へ馳《か》けおりたとき、村の人を何人か見たよね」

「見た」

「その中に、八百屋の女将《おかみ》や薬屋の主人を見たんだ」

「まさか――」

「どうしてまさかなんていえる？　こんなめにあっているんだ。どんなことだって起るさ」

「で？」と敏夫さんが、ちょっといらついたように聞いた。

「え？」

「そういう人が――みんなで芝居をして、俺たちをからかってるとでもいうの？」

「無論そんなことは思わない。無論そんなことは不可能だ。むろん私たちがいるのは昭和十九年六月だけれど――」

「うん？」

「ただ、単純に過去へ戻っただけじゃないのではないかという妙な感じがある。それだけのことだけど――」

「うむ」

　それは余談だった。私がその夜きり出そうとしていたことは別のことだった。昼間から考えていたのだが、一笑に付されそうな、あるいは強い反対をくらいそうな思いがあった。

「戸籍謄本のことだけど――」

漸く私は口に出した。

「うん？」

「偽造とか、そういうことをしないで――つまり、国民登録なんてことをしないで生きて行けないものだろうか？」

「というと？」

「配給も受けないで、隣組にも入らないで、徴用にも行かず、子供は学校へもやらないで」

「不可能だろうな」

敏夫さんはムッとしたようにいった。

「この日本で、そんなことで生きて行けるとは思えないね」

おそらくその通りだった。現実を見る目は敏夫さんの方が正確だ。

「つまり、なにがいいたいかというと――」

新也くんの咳が聞えた。玄関脇の四畳半に寝ている。夏に向うから、と蒲団は古い蒲団を上下一枚ずつ手に入れただけだった。無口な子の夜の咳は淋しく聞えた。

「寒いかな?」

私は、ほとんど無意識に話をすすめるのをためらって、そんなことをいった。

「自分でなんとかするさ」と敏夫さんはいう。敏夫さんのそういう判断には、いさぎよい迷いのなさがあって、経験の裏付けを感じた。それに比べ、私はこれから話すことに確信があるわけではなかった。

「昼間」と私は前置きのようなことからはじめた。「これからあの子たちが入って行く世界を説明していて一種の快感があった。どういうことをしたらいいか、どういうことはしてはいけないか、こういうことはこういう意味を持っていて、こんなふうに対さなくてはいけない。

そんなふうに、現実を明快に説明して、子供もかなり本気で聞いているなんていう図は、この間までの世界ではめったに見られなかったからね。つい調子にのって、過剰におどかしたりして――そんなに甘くないぞ、とか――適応することばかり教えたような気がするんだ。戦時中の日本人は、こんなふうだから、それに逆らうなって、溶けこむことばかり教えたような気がするんだ。しかし、こっちは知ってるわけだよね。アメリカは悪の権化で、日本は正義のかたまりのようにいっていた教師が、終戦になるとコロッと変ったことを知っている。今度は、アメリカこそ正義、民主主義こそ人類最高の理念、というようなことをいい出したことも知っている。そういうこれからの事実を教えないで、戦争中の教師には逆らうな、というようなことばかりを教えるというのは情けなかないだろうか？　周りの子供達の憧れは、予科練へでも入って国のために勇ましく死ぬことなんだから、お前もそういうふうにしろとか、そんなふうに適応することばかり教えていいのだろうか？　新聞の『敵空母十隻、戦艦二隻、駆逐艦一隻を轟沈』という記事が実は一隻も沈没していなくて、むしろ日本の軍艦の方が大半やられてしまっていた、というような裏表を教えないで、みんなが喜んだら一緒に喜べ、と教えるだけでいいのだろうか。現実はこうだから、うまくそれに合せて行けよ、と教えるだけじゃ、情けなかないだろうか？」

「はじまった」と妻が薄く微笑していった。

「すぐこういうことというの」ととりなすように敏夫さんを見た。

敏夫さんは、考えるような目をして黙っている。

「じゃ、あれ？」と妻は敏夫さんのいいそうなことを先取りしようとする。「稔に、日本は世界にひとつの神の国なんて嘘だとか、人の写真を何より大事にしてるなんてバカ気ているって——そういうことを学校でいってもいいっていうの？　殺されちゃうかもしれないわ」

「そう思うね」と敏夫さんがぼそりという。「五年生の子供には背負いきれない」

「もちろん、学校へやるんじゃ可哀そうだ。そりゃあ、ひどい目にあう。しかし、学校へやらなきゃ、どうだろう？　戦争中の小学校へやる理由があるだろうか？」

「病気だね。病気ってことにすれば隣組もうるさくないだろうが」

「いや、こっちも隣組に入らないんだ」

「配給は、どうするの？」と妻。

「そういったじゃないか。八月十五日の敗戦まであと一年と二ヶ月だ。その間、国民登録なんかしないで生きて行けないかっていうことなんだ。たとえばぼくらは、防空壕がほとんど役に立たなかったことを知っている。爆撃の中で、庭へ掘った穴へ逃げこんで助かった人は少なかった。隣組のバケツリレーの消火演習だって焼夷弾の雨の中では、ほとんど無意味だった。でも、そんなことはいえやしない。だからいわれた通り周囲に合せて、防空壕を掘り、防空演習に加わって、あッここに一個焼夷弾が落ちました。燃えはじめました。注水、注水、消火なんてまったく現実的ではない訓練を、無意味を承知でやっていくっていうことでいいんだろうか？　それじゃ、なにを知ってたって、なんにもならない。戦後三十六年間を生きていた意味がない――ま、大げさないい方はしたくないけど、昭和十九年の現実に、ぬけ目なく適応していくだけじゃ、ぼくらみたいな立場——じっさい妙な立場だけど——ぼくらとしては、あんまり芸がないというか——」

「戦争反対の運動でもしよう、というわけ?」と敏夫さんがぼそりと聞くと、妻はちょっと高い声になって、

「冗談じゃないわ。そんなことしたら、一家皆殺しにあっちゃうわ」といった。

殺される、とたちまちいったのは、妻は少し町を歩いているからだった。そこには数日前までいた世界にはなかった、あっけらかんとした殺意の表明があった。「撃ちてし止まむ」というポスターがある。敵をやっつけてしまうまでは攻撃をやめない、という意味だ。他国にせよ他人にせよ、あからさまな敵意や憎悪は、抑圧することが常識だった世界から来ると「ちょっとスカッとしないでもないわね」と妻は私に印象を語った。

「いや、戦争反対の運動をする勇気はない」と私は妻にこたえた。

「ただ、子供たちに、戦争をやっている日本に適応しろ、そうしないと生きにくいぞ、というように現実主義ばかりを叩きこまないで、学校へはやらないで、よく見ておけ、戦争っていうものはこういうもんだ。空襲がもうあと数ヶ月で激しくなるっていうのに、その日がやって来ないと、あきれるくらい呑気な防空演習をしているとか、物が

足りなくなると人間はどうなっていくかとか、たったいまフィリピン戦線は本当はどうで、沖縄はどうで、軍首脳はどうで、というところまで、ぼくらはある程度説明できると思うんだ。こんなことはめったにない機会だし、ぼくら自身だって先のことを知りながら、知らない振りをして、徴用にとられて兵器をつくってるんじゃ、あんまり自分を偽りすぎるというもんじゃないだろうか？

持っている物を少しずつ食糧にして、転々として、せめて戦争中の日本人とまったく同じには生きないというところが、欲しかないだろうか？　みんなと同じに生きるなら、二度いうようだけど、戦後の三十六年間のぼくらの人生は、ないも同然だものな」

敏夫さんは、なにもいわない。

「理屈は分るけど」と妻がまたとりなすようにいう。「これから飢えて死ぬ人もでてくる時代に、そんな青くさいことをいって生きていけるかどうか」

「もちろん分らない。しかし、あえて青くさいことをいってるんだ。そりゃあ現実に適応していくこと以外は全部どうせどっか青くさいよ。しかし、現実を間違いなくつかんで、青くさくなることを怖れて、ずれないでうまく適応していくばっかりじゃ、そりゃ大人かもしれないけど、つまんないというか――」

「俺もね」と敏夫さんがようやく口をひらいた。「筋道は違うけど、そういうことを、思わないでもないんだ」

「そう？」

意外だった。

「なんてったって、これからさ、防空演習するの、気が重いよね」

「そりゃあ私だって、そうだけど――」と妻もいう。

「あの頃だって、みんな、表向きはともかく、そういうのに出て行くの嫌がってたよ。隣組の連帯責任になるからってんで、お袋なんかも嫌々出てったの、覚えてるよ」

「そうだな」

私も、父が似合わないゲートルと国防服で、がっかりしたように帰って来て上《あが》り框《かまち》に腰を下ろしていたのを見ている。

「まして、これからのことを知ってるんだからね。そりゃ行きたくない。どうせ警防団の団長なんかが、戦争は必ず勝つみたいなことをいって、そこの人ッ、真剣さが足りないッとかね。そんなのに参加したかないよ」

「それですめばいいけど――」と妻は不安な声を出す。

「そう」敏夫さんも確信がない。「きっと、ひと月足らずで、どんどん引越すなんて事をしなきゃならないだろうが」

「引越せばいいよ」と私はいった。「空襲になってからは、移転する人はいくらでもいたんだし、隣組どころじゃなくなる土地もひろがっていくし、やっていけないことはないと思うんだ」

私は力を得て、少し明るくなった。

配給の米のために、信子を軍需工場へ出し、稔に「鬼畜米英」を唱えさせ、なにくわぬ顔で戦時中を生きるのでは、いくらうまく立回って生きても、自分の存在理由がないような気がしたのだ。もっとも、戦争中の東京が、そんな勝手を許すかどうかは、私もまったく自信がなかったのだが――。

第六章　キーキーキー

中野区のF町へ移って、昭和十九年七月の生活がはじまった。

敏夫さんと私が、埼玉を重点に食糧の買い出しに行った。しかし交換にさし出す品物には限度があり、食べものは極度の節約をしなければならなかった。

贅沢に慣れた子供たちに、いきなり麦入りの飯に、ナスの煮付け、大根の味噌汁だけの夕食は落差がありすぎると考え、もう一品、たとえば鰯《いわし》を手に入れようなどと努めたが、そんなことをしていては、一年二ヶ月はおろか三ヶ月も食べていけそうもなかった。

むしろ子供たちは、最初の方が粗食に抵抗がなかった。「ぜんぜん平気だわ」と信子はいい、「ぼくも」と稔も緊張もあって麦飯をうまいとさえいったが、その麦飯も一日一回だけ、しかもやや大盛りの一杯だけで、あとは小麦粉を焼いただけのパン、スイトンにキュウリ一本というような毎日が続きはじめると、たちまち堪えがたくなってくるのだった。

信子は中野へ移って四日目、トマトとジャガイモの煮付け、またしても大根の味噌汁に麦飯という食卓を見て、突然「イーッ」というように身体を二つに折るようにして叫び声をあげはじめ、身をよじり、大声で泣きはじめ、畳を拳固で激しく連打して「イヤイヤイヤイヤ」とみるみる顔を真赤にし額に血管を浮かせた。

「信子ちゃん」と妻が背中に触れると、とびのいて私に鋭い目を向け、痙攣《けいれん》するように首を横に激しく振った。

「人をなんだと思ってるのようッ」

大声だった。涙を拭こうともしない。

「どうした？」

半ば分りながら、私がそういうと、

「大変だ大変だって——そういってれば人が我慢してると思ってるのかようッ」と荒々しい口調でにらみ、「本気でお前ら捜してないんだ。捜してれば、もうちょっとなんとかなるはずだぞォ」と狐でも憑《つ》いたように声を荒らげた。

私は内心ひどくうろたえ、「わかった。なんとかしよう。明日は、なんとかもう少しましなものを食べよう」と娘の変貌に声が震えて、それだけをいうのが精一杯だった。

信子は泣き伏し、私は叫んだ信子の顔の、はじめて見る醜さが強くやきつき、哀れで、腰が抜けたようになって動けなかった。

稔と新也くんが一緒になって不満を爆発させるのではないかと思ったが、二人は黙っていた。黙っていればいるで、なにを考えているのかと不気味な気がした。

妻が信子を座敷の方へ連れて行き、襖を閉めた。敏夫さんは、うつむいていた。やがて襖ごしの信子の泣き声がやや落着いて来る。すると敏夫さんは小さな溜息をついて、「肉——明日——努力しようか?」と呟くようにいった。肉でも魚でもチョコレートでもケーキでも努力したかったが、見当もつかなかった。かりについたとしても高価だろう。そんなことに持っている品物を使えば、さらに孤立して生きる期間が短くなってしまうのだ。

やがて信子も、けっきょくは座敷でその貧しい食事をとった。

そして夜がふけ、私は敏夫さんと妻と三人で、蚊を追いながら縁側で話をした。

昔はトマトがあって、麦飯で、ジャガイモの煮つけなら上等だった、と敏夫さんは信子への非難にならないように気を使いながら、そういった。

芋の葉や茎《くき》を刻んで入れた粥のまずさは、悪夢のようだった、ともいった。

私も豆滓《まめかす》を入れた飯の臭さを今も忘れられない。しかし、今の子供にそんなことをいってみても仕方がなかった。

「信子ね」と妻がいう。「工夫が足りないっていうの。たとえば煮つけにカレー粉をちょっと入れるとか、ふりかけを手に入れてくれれば、麦御飯だってずいぶん食べやすいとか味の素をどうして捜さないの？　あれは戦前からあったはずだわって」

「そうか――」

そういうものは手に入らないのだった。醬油と塩があるだけ幸せというものだ。

「つまりほら」敏夫さんが、ちょっと苦笑していう。「戦争中、米がなかったと聞いて、それならパンを食べてればいいじゃないかっていった小学生がいたよね」

そんな新聞記事を読んだような気がする。

「それとあまり変らないんだな。物がないってことを、やたら物があるところで育った子供は、想像しにくいんだよなあ」

「ほんとに――」妻はなつかしむような顔になる。「あの頃は、デパートなんか行っても、こんなに物があっていいのかしらって不安になるほど、なんでもあって――」

「ほんとにねえ」

翌日は、買い出しに信子を連れて出た。

少し気も晴れるだろうし、どのくらい物がないのか、いかに手に入りにくいのかが分るだろうというつもりもあった。

駅で、人の読む新聞で、サイパン島の日本軍の「玉砕」（全滅のことをそういった）を伝える大きな記事を見た。

全員壮烈な戦死

在留邦人も概ね運命を共に

我身を以て太平洋の防波堤たらん

私は、その敗北が、決してやって来ない「無敵艦隊」の救援を待ちながらの抵抗であったこと、さらに多くのこと——たとえば投降をすすめる米軍のスピーカーに応じようとした民間人が兵隊に「出るな、恥を知れ！」と手榴弾で威嚇された記録、それが「兵隊は捕虜になれないのに、民間人だけ助かるなんて不公平だ」という思いに多分にもとづくものであったこと、バンザイ・クリフと後に呼ばれることになる断崖から、次々と海へとび下りて自殺する日本人の女性たちの姿を写したフィルム、そして日本から一番近い南のリゾートとして、新婚旅行やら若者を誘う観光ポスターなどなどがめまぐるしく横切り、しかもただ戦時中の満員電車に乗って揺られて買い出しに行くしかない自分に目眩《めまい》のような無力を感じた。

こんなに多くのことを知っているのに、なにもすることはないのか？　叫び出してもいい。刷りものをつくって撒き散らしてもいい。

サイパン救援に向った日本の艦隊は、太平洋戦争中最大の航空母艦戦となるはずの布陣であったが、結果は一方的敗北で、二日間で七空母が、あるいは沈みあるいは撃破され、四百機に近い飛行機を失い、潰滅的打撃を受けたのだった。米軍は「マリアナの七面鳥射ち」と称して日本軍の無力を嘲笑した。その後の海軍の主戦力は、作戦らしい作戦をたてることが不可能な弱体となっている。

それらを、しかし今の国民に知らせてなにになるのか？　サイパンは、いま日本本土空襲を可能にするB29爆撃機の滑走路の建設がすすんでいるはずである。

十一月に入ると、六大都市の上空に、その爆撃機が現われて頻繁に写真撮影をおこないはじめる。そして下旬になって本格的空襲がはじまる。

しかし、それをあらかじめ知って、今の国民になにが出来るか？　いや、そのようなことを叫び出したとして、私の情報を誰が信じるだろうか？

戦争中にも、さまざまな人が、内々戦争の敗北を正確に予測し、軍部の専横を批判し、しかも無力であったことを私は知っている。その人たちと同じく、いまの私も正確すぎるほど日本の行く先を知りながらなにするすべもないのだった。これでは多分昭和五十年代の世界にいても同じだろう。無力感にとざされて結局は時代に流されて行くだけだったにちがいない。

その日、敏夫さんは、私の折りたたみの傘を川越の農家で、三斗の米に変えることに成功した。

それは素晴しいテクニックで、昨夜のまま不機嫌な沈黙を続けていた信子も、帰り道は、敏夫さんの口調を思い出してはひとりで笑い出すのだった。

皇族の空襲時の避難に備えて、一本だけ完成させた試作品がある、というようなことからきり出し、それがなんであるかをなかなかいわない。

「だからそれはなんなんだ？　なにを一本だけつくったんだ？」とたまりかねて聞かれても少しも慌てず、ようやくその大きさを打ち明け、さらにそれが傘であるというまでに時間をかけ、そのような小さな傘が、どうして開くと大きくなるかを秘密めかし、工学博士が青年技術者との功名あらそいの結果、短刀で青年を傷つけ、それが宮内省の耳に入り、そのような不祥事を起した試作品を献上するのは畏れ多いと――バカバカしいが、それをもっともらしく話して、その傘を見なくてはおさまらなくなった農家の主人を、鼻面ひき回すようにして、やっと風呂敷に包んだ傘をとり出し、主人は確かに折りたたみの傘など見たこともないから、米は金では売らぬ、その傘となら ひき替えようと、とうとう三斗を積み上げて、傘を手に入れたのであった。

三斗の米は、三人で運ぶにはずしりと重く、しかし信子も駅までの道を少しも不平をいわず「スッゴォーイ」と口調は一九八〇年代の娘のままだが、戦時中の娘の米への愛着ぶりを見せて、哀れでもあった。


ところが帰ると、新也くんは留守で妻と稔は「お帰りなさい」もいわない。

妻は「もうあんな子、知らない」と怒りに震えている。

「新也がなにか?」と敏夫さんの顔がひき締まったが、

「いいえ、稔です。新也くんは、いつの間にか出て行って――」と妻は台所で夕飯の仕度をしていて、こっちを見ようともしない。

「男がいなきゃ駄目だっていっといたのに」と敏夫さんは、三斗の米を手に入れた自慢をする折がない。

稔が今日はわけもなく当り散らし、なにを頼んでも嫌だ、といい、襖を足で蹴飛ばし、便所の戸を強くあけすぎて、蝶番《ちょうつがい》を壊してしまい、手に負えないのだという。

稔は縁側の隅に腰掛けて、小さな庭を見たままである。

頭ごなしに叱るには、淋しい後姿だった。稔のさまざまな不満がよく分った。俺だってわめきたいよ、という思いもあった。しかし、妻が敏夫さんの手前も構わずプリプリしているとき、稔に優しい口をきけば、今度は妻が爆発するだろう。「父親のくせに、子供も叱れないの」そんな妻の声が聞えるようだった。

仕様がない、少し叱るか、というところは、一九八〇年代の優柔不断なる父親のままで、稔の背後に立った。

「どうした？　こういう時は、男がしっかりしなくて、どうするんだ」

よくいうよ、といい返されれば一言もない。しかし、稔はなにもいわず、静かに泣きはじめた。

「もういい。当るなら、お母さんに当るな。お父さんに当れ」

それ以上口をきけば、さらに慰めるようなことをいいそうで、汗の染みたシャツを脱ぎながら妻の方へ、「今日は、敏夫さんが大ヒットをとばしたぞ」というと、

「それで終り？」と妻は冷えた声でいう。

「う？」

「それでもう叱るのは終りですか？」

「いいじゃないか」

「よかないわよ。一日この子、私につっかかって、御飯だっていえば御飯なんてどこにあるって、スイトンじゃないか、それならスイトンていえばいいんだって、そんなひどい子、ひっぱたきもしないんですか?」

「敏夫さんだって疲れて帰って来てるんだ」

「同居してるんだもの、そうそう気を使ってたら、子供の教育もなにも出来ないわよ」

それから感情が堰《せき》を切って「ウーッ」というような声をたてて、妻は鍋の蓋を床へ叩きつけた。

早すぎる。妻までが、早すぎる。いずれ、こういうときが来るとは思っていたが、こんなに早くわが家族が我慢できなくなってしまうのは情けなかった。むろん、あの頃の私たちのようには行かないことは分っている。私たちは贅沢を知らなかった。日本の勝利を信じ切望し、そのために耐えるのだという心の支えもあった。いまの子供や妻に、その忍耐を期待しようもないが、それにしても、まだひと月足らずではないか。この調子でこれから終戦まで——いや終戦後も、さらに飢えの年月が続くのだ。息をつくのは、ことによると朝鮮戦争のはじまった昭和二十五年ぐらいかもしれないのだ。

「御免」

ギクンとした。振りかえると、玄関のガラス戸を影があけようとしている。あかない。鍵をかけている。たちまち影はガラス戸を叩きはじめた。

「御免」

ガラスが割れても知ったことか、という叩き方だ。私は、すくんだように動けない。妻を見、敏夫さんを見た。

「将校？」

敏夫さんも、かすれた声になっている。

「ああ」

いつか来る、という怯《おび》えがいつも意識の底流にあった。

「押入れか、便所に」と敏夫さんは低く素早くいって、玄関に向っては「はい」と眠そうな声を出した。――眠そうな声。居眠りをしていて、やっと返事をした、という声だ。素早くそういうことの出来る敏夫さんに負けてはいられなかった。身をひくめて庭へ走り、縁の下へころげ込んだ。

「はい、ただいま――」

それから敏夫さんは、それでもガラス戸を叩く相手に腹を立てた声で、

「ただいま、と申し上げている」と今度は侍のような声を出した。

叩く音が止んだ。ガラス戸の鍵をあける。縁の下の湿気と蜘蛛の巣の中で音だけを聞いた。

「××師団の者だ」

あの将校の威丈高な声だった。

「なんでしょう？」

敏夫さんは、少しもひるまない声でおだやかに立ちはだかる。

「地区の組長から連絡があって、二、三質問をしたい」

「どうぞ」

妻たちが、怯えた顔を見せなければいいが、と願う。

「前住所は、どちらか？」

「浅草区千束町二丁目十二番地」と敏夫さんは、よどみがなかった。昔の敏夫さんの住所なのである。私の家は十三番地であった。

「ご主人か？」

「そうです」

「引越して五日目になると聞いている」

「そう——五日目ですな」

「区役所に寄留の手続きもなく、隣組への連絡もないとのことだが、理由はなにか？」

「兵隊さんが何事です？」

「質問にこたえればいい。不審な住人は、地区隣組が責任を持って連絡するように依頼してある」

「脱走兵でも？」

「帝国陸軍に、脱走兵など、おらんッ」

銃と靴の動くかすかな音がした。部下を連れている。三人か、四人か？

「強制疎開で、家《うち》がとりこわしになりましてね」

敏夫さんは落着いた声でこたえる。おそらく時間をかせいで、どうすべきかを考えている。

「証明書はお持ちか？」

「なくしました」

「なくした？」

「戸籍謄本も、米穀通帳も燃料通帳も、疎開証明も、子供の前の成績証明も」いいながら敏夫さんは怒りがこみあげてくる声になり「全部、金と一緒にね。ここへ来る間に盗まれちまいましたよ。日本人のすることですか？　防災のために空地帯をつくるという国の方針に喜んで応じた私たちの、なけなしの金を、上野駅で、ちょっとしたすきにねえ——疲れてるんだ、そりゃあすきも出来ます——家内からね、ひったくるように奪《と》ってった。ええ、私の雑嚢《ざつのう》に入れといた。私は、交替でね、駅前の外食券食堂へ雑炊を食べに行ってた。食堂は込むからね、金は残ってるもんが持っていた方がいいと思って」

「奥さんですか？」

将校の声が、話を聞いていなかったように、突然そういった。

「はい」と妻の声がする。

「もう一人、男がいると聞いておる」

「弟ですよ」と敏夫さんは、すぐこたえた。

「どこにおる？」

「阿佐ヶ谷です。一緒に住んでるわけじゃない。心配して金持って来てね」

「お子さんは二人？」

「いや三人。上のは、ちょっと出てます」

「はい——三人」

妻の声が補足するように続く。それに追いうちをかけるように将校の声が、「捜索しろ」と低くいった。

私は素早く逃げ場所を求めた。なかった。庭以外に動きがとれない。

「捜索とは、なんですか？」と敏夫さんの声が三、四人の兵士の靴を脱ぐ足音の中で聞える。「そりゃあないでしょう。がっくりして気力がなくてね。寄留届どころじゃなかったんです。大体隣組なら、そっちで声かけてくれりゃあいいじゃないですか？　隣組の人、外にでもいるんじゃないの？」

兵士の足音が、座敷や台所へ散って行く。

「黙ってこっそり、私らを見張ってたわけですか？　直接一度も事情を聞かないで、軍隊へ連絡したんですか？」

急に庭へ靴が現われた。

しゃがむな。しゃがまないでくれ。

しかし、狭い庭は一目見れば、隠れる余地のないことは明らかであり、あとは縁の下以外に場所はなかった。

軍靴は庭を曖昧に前後した。

私はその曖昧さに、とびつくように希望を持った。靴は熱心ではなかった。抜け目なく捜索するという足取りではない。しかし、狭い庭を前にして、縁の下を見る他に、どうしようがあるだろう。

足は左へ歩き右へ歩き、諦めたように立止った。行け、行ってくれ。しかし兵士は、それから膝をついた。

私は目を閉じた。閉じれば消えてなくなれるというように強く目を閉じ、頰に兵士の視線を感じた。次は、大声だ。「おりましたッ」

しかし声はなく、動きもない。目をあいた。視線の端で兵士がのぞいている。まさか私が見えないはずはない。水にでもとびこむような気持でその方を見ると、こけた頰とへこんだ目が私を見ていた。

目は冷めたかった。一瞬温情を期待していた私は、たじろいだ。

兵士は目を伏せ、それから思いがけない敏捷さで立上った。

「縁の下、庭にはおりませんッ」

靴が報告する形になって、兵士のはりあげた声が聞えた。声は太く、かすかに東北のなまりがあった。たったいま見た兵士の顔が中年の男であったことに気がつく。

なぜだ？　なぜ、私を助けた？

「弟さんの所番地を聞こう」

将校が敏夫さんに聞いている。

いまの兵士の目が冷めたかったというのは不正確だ。冷めたくさえないのだ。引き揚げて行く兵士たちの気配を聞きながら、あの目が深い投げやりを表現していたことに気づいた。

「また来るよ、ありゃあ」と敏夫さんの声がする。

「お父さん、どうかした？」

出て来ない私に向って、妻が不安定な声をかけた。


その夜、新也くんは七時をすぎても帰らなかった。私たちは荷物をまとめ、新也くんが帰り次第、ここを立去ることにしていた。家賃は一ヶ月分を前払いしてある。それをまたしても五日ばかりで失うのは痛かったが、あの将校に居場所を知られていては、誰より私が外へも出られなかった。

リヤカーはひとつになっていた。そのリヤカーに積んで、あとはみんなで背負って提げれば、荷物はすべてだった。

みるみる持ち物が減っていた。

八時になって「しょうがない、もう行こう」と敏夫さんがいった。「待ちましょう」と私は動かない。「帰って来て、いなかったらショックを受ける」

「メモを残せばいい」敏夫さんはシャツの胸ポケットから手帳を出して、細いボールペンをひき出す。

「行く先を？」

「むろん行き先は書かない」

「一晩待ちましょう」と妻がいう。

「そうしよう」と私もいわざるをえない。こんなときに黙って出て行った新也くんに落度があるが、そんなことはいえない。いわなくても敏夫さんは分っている。

「明日、午後五時、新宿駅西口の改札口の向って右端に立っていろ、と――」

「どこへ行ったのかしら？」

「あいつも――」敏夫さんはメモを書きながら薄く苦笑する。「あいつなりに、爆発したんでしょう」

「そんなふうには見えなかったわ」

「黙ってる。中学二年ぐらいから、ああやって黙っちまって。成績どんどん落ちて――急に通行人ぶん殴ったりね、完全に落ちこぼれちまった」

あらかじめ敏夫さんが米を持って話をしに行った中野の旅館へ、妻と子供二人は泊った。

私と敏夫さんは、リヤカーをひいて夜の道を歩いた。

ともかく出来るだけ中野から遠ざからなければならなかった。

警防団の夜警、警官の巡察を避けながら歩いた。

深夜――なにかで読んだ記憶のある立看板に出会った。

「町常会の決議に依り、パーマネントのお方は当町の通行を御遠慮下さい」

驚いた、本当にあったんだねえ、と私がいうと「あったあった、俺なんかパーマかけてる女が通ると、みんなで囃《はや》したもんよ。やったんじゃない？」

「そうかな」

「やったよ。大声でさ、パーマネントはやめましょうって」

「やったような――気がしてきた」

「しかし、ああいうことを子供にいわして、大人はどういう心持ちだったのかねえ」

「うむ――」

「内心こんなバカなことをと思っていたのか、本気で戦争中にパーマなんて許せないと思っていたのか」

「許せない、と思ってた人の方が多かったんだろうな」

「うむ」

夜道は長く、昼間私を助けた、あの兵士の目についても話した。

「少くともあの目は」と私はいった。「私を助けてやろう、なんていう温情もしくはヒューマニズムというような目ではなかった」

「上官に反感を持っている」

「それだけで見逃すかね？　将校は私をスパイかもしれない、と思っている。兵隊にも、そういってるだろう」

「スパイでもなんでも見逃しちまう——となると、そうそうあるケースじゃあない」

「ついていいたとしかいいようがない」

「しかし、そこまで戦争を投げちまった日本人が当時いたかしらねえ？」

「現にいた」

「片方じゃ、特攻隊がうまれようとしているときに——」

「だからこそ、いたともいえる」

「うむ——」

「そのくらいのがいなきゃ嘘よ。いなきゃ日本人てのは、あんまり人が好すぎる」

リヤカーの車輪の油が切れてきて、キーキーと金属音をたてはじめる。

「弱ったね」

「もう二時すぎだ。わざわざ起きて来て、なにかいう人もないだろう」

「うむ」

私は、ふいと永井荷風の日記を思い出す。

「およそ、このたびの開戦以来、民衆の心情ほど解しがたきはなし。多年生活せし職業をうばはれ、徴集せらるるもさして悲しまず、空襲近しといはれても、また、さらに驚き騒はがず」（昭和十九年三月）

寝静まったかに見える家々の間を、執拗にキーキーと鳴り続けるリヤカーの悲鳴をひきずりながら、私たちは歩いた。

キーキーキーキーキーキー。

梅雨どきの曇天の夜明けを、成増の近くで迎えた。

第七章　日本臣民として

板橋へ移って、私たちはあっ気なく多くのものを受け入れてしまうことになった。二階二間の間借りのせいもあった。貸家はなくもなかったが、家賃を惜しんだのである。越した日に階下の大家が、隣組の副組長であることを知り、今度は私が敏夫さんのつくった上野駅で泥棒にあった嘘をくりかえすことになった。

「そりゃあ一日も早く再交付を受けなさい。寄留をしなきゃ配給は受けられないし、配給なしで生きていけるもんじゃない」

五十三だという主人は、池袋に近い兵器工場へ通っているのだが、今年の三月までは床屋の職人だったという。「ほら、就業禁止で、床屋やってられなくなっちまった」

「就業禁止？」

つい私は問い返してハッとした。この時代を生きているものなら知らぬはずはないことかもしれなかった。しかし、主人は頓着せず、「男が就業しちゃあいけない職種の筆頭だよ」という。

「床屋さんが？」

「そうさ。そういっちゃあなんだが、気に入らないね。床屋なんざ男のやることじゃないっていうわけよ。誰がいい出したか知らないが、役人なんてのは、もの知らずだねえ。床屋はね、女子供にやすやす出来るもんじゃあないよ。おまけにね、お上《かみ》の命令で行ってる工場があんた、大きな声じゃいえないが、原料がない。鉄も鉛もなんにもありゃあしない。学生なんかもね、動員されて来てる。みんなあんた学業を途中で返上して、国のために働こうってェわけだ。若いから純情よ。胸はって意気ごんでやって来る。ところがあんた、仕事なんざありゃあしない。元々の工員が、昼間っから将棋打って、もて余してんだもの。張り切りようがない。他所《よそ》いって絶対いうなっていうけど、ま、ここは他所じゃあない」

物分りのいい主人だったが、どういいつくろおうと戸籍のないことまで納得するとは思えなかった。徴用も受けずに、四十代の男が二人、仕事もなしで暮していることを黙ってみているわけがない。「間借りをすれば、当然だわ」と妻はいった。たしかに、早くも私は疲れて、謄本の偽造でもなんでもして、この社会に組み入れられることを望んでいたのかもしれなかった。それは敏夫さんもそうかもしれない。事実、持ち物を売って生きて行く生活は、あと二ヶ月もつかどうかという状態になっていたのだ。移転をするたびに、予想外に金がかかった。私も敏夫さんも仕事が必要だった。なんというあっ気なさだ。妻や子供の忍耐のなさを歎いたが、私も戦後三十六年を生きて、戦争中の我慢強い小学生ではなくなっていた。

「敏夫さんが帰ったら、配給を受けることを相談してみよう」

敏夫さんは、しかし夜になっても帰らなかった。午後五時に新宿駅西口で新也くんを摑まえ、あとは出来たら鳥肉を手に入れて来るはずだったが、それにしても九時を過ぎても帰らず「いやになっちゃったのかしら？」と心細そうに妻はいった。

「うむ――」

分らなくはなかった。売る物は大半私たちの持ち物だったが、それを金に替えたり食糧と交換したりすることでは、ほとんど敏夫さんの努力に負っており、私だったら、半分の食糧も手に入れられなかったにちがいなかった。だから、敏夫さんは大威張りでいいはずなのだが、売るべき品物を持たないことを負い目にしており、出来るだけ私たち家族を立て、なるべく身体を動かそうとし、新也くんを二の次にするようなところがあった。

親子ふたりだけになり、帰るのが億劫になってしまうことは、ありそうに思えた。敏夫さんの才覚をもってすれば、私たちの品物がなくても、立派にこの時代を生き抜いて行くことは間違いないところなのだから――。

十一時すぎて、玄関の鍵をあける音がした。階下の大家夫婦(細君も気さくないい人だった)は眠ったようなので、音をひそめて私が階段をおりた。

敏夫さんひとりだった。

「新也くんは?」と小声できくと、

「どこか行ったらしいや」と努めて何気ない口調でいい、ガラス戸をそっと閉めた。

「どこかって?」

「中野の家にもね、一度も戻ってないんだ。メモ、置いた時のまんまでね」

「そう――」

「新宿に来ないからさ。ちょっと行ってみたんだけどね」

酒の匂いがした。私に背を向けるようにして話すのは、そのせいか? あるいは新也くんの失踪がこたえている顔を見せたくないためか?

「いい匂いさせてるね」

「ああ――悪いけどね」

「とんでもない。少し我慢しすぎたよ。こっちもそろそろやりたいと思ってたんだ」

「買ってくりゃあ、よかった」

「手に入らないだろう」

「入るさ。その気になりゃあ一斗ぐらいすぐだよ」

「一斗もいらないけど――」

「おひとり？」

妻の声が、階段の中ほどで、声をひそめて聞いた。


翌日、敏夫さんは浅草へ行き、私はまた川越へ出掛けた。今度は稔をつれての買い出しである。板橋付近でも、根気よく歩けば売ってくれる農家があるだろうが、一度行ったことのある家の方が行きやすいという意気地のない逡巡があった。息子に、農家から農家へ米や芋を求めて歩き、ニベもなく断られる自分を見せたくなかった。

一方では、むしろいい機会だという思いがないわけでもない。お前が口にしている貧しい食糧は、このようにして手に入れているのだと見せればいいではないかという囁《ささや》きもある。

しかし、息子に見せるには、あまりに卑屈を装わねばならなかった。いやいやなにも気取ることはない。小学生の私は、父に連れられて何度も、そういう場面を見ている。父は、家にいる時とは別人のように卑屈に百姓に世辞をいい、礼をいった。しかしそれで私が父を軽蔑するということにはならなかった。ただ、無害無力を身体中で示して「あいすみません」と農家の庭先で声をあげる父の姿は、小さな傷として残ってはいた。聞きたくない父の声にはちがいなかった。

もっとも川越の何度か行った農家にしても大威張りで買えるというわけではない。やはり農家の主人の神経にさわらぬように言葉を選び、彼らに合せた冗談をいい、しつこいくらいに礼をいわねばならぬことを私は学んでいた。ただ、断られることはないだろう、という利点があった。

最初に敏夫さんと出掛け、十数軒の農家を頼み歩いた時の屈辱を、稔と共にくりかえしたくはなかった。

「こんちは」と敏夫さんはいった。私もすぐ続けて同様にいう。

「ごめん下さい」というようないい方は、それだけで「お高い」という印象をあたえてしまう。都会風を吹かしているという反感を生んでしまう、と敏夫さんはいった。

しかし「こんちは」にしても、さして効果はなく、多くは「ねえ、ねえ（無い、無い）」とこっちを見もしないでいわれた。交渉はそれからはじまるのだが、うるさい、と腐った薩摩芋を（当るようにではなかったが）投げつけられたこともあった。「行くだ行くだ」と汚いものを追い払うように手を振られたこともあった。

冷静になれば、無愛想は他所者に慣れない人々のやむを得ない無器用さもあったに相違なく、言葉の乱暴さは、都会の人間に乱暴と聞えるにすぎなく、それほどの悪意も傲慢もないという場合も多いのかもしれない。むしろ、内心侮蔑と怒りに燃えながら、「お元気だなあ、おばあちゃん」などと世辞をいい、卑屈を装う買い出しの人間たちの方が罪が深いのかもしれなかったが、私たちの方は私たちで、他にどういう態度をとったらいいのか分らないでいるのだった。

両側、畑ばかりの道を、稔は喜んだ。「イナカーッって感じ」といい、草いきれを「草のニッオーイ」と、珍しいもののように嗅いだ。

「いま百姓は威張ってるからな。向う行ったら、ガンガン低姿勢でせまって、お世辞で押しまくるからな」

私は卑屈は作戦であると、稔に思わせたかった。

敏夫さんは浅草へ、戸籍謄本、疎開証明の偽造、米穀通帳、衣料切符などの交付が、どのように可能かを調べに出かけたのだった。

うまくいって、国民登録をすませ、米その他の配給を受けるということは、軍需工場への徴用を受け入れ、防空演習その他の隣組活動を受け入れ、戦時下の国家の強制に従うことを意味したが、この日本で家族をかかえて生き続ける限り、他の道はないように思えてきているのだった。

国家の強制に対する抵抗といっても、戦争がはじまってしまっていては、悲しいほど無力だった。盲従するより逆らった方が幾分か精神的救いはあるかもしれないが実際に国家の方針に影響をあたえるというような抵抗は、一市民の力を越えていた。勝負は戦争がはじまる前に決まるのであり、はじまってしまっては、われわれにはほとんどなにも出来ることはないというように思われた。

「せめて稔だけは、国民学校にやりたくないけれど」

昨夜、妻がそういい、私も「せめてな」といった。国民学校へ入れ、そろそろはじまることになる学童集団疎開の中に入れて、たくさんの「涙の記録」を残した経験をさせたくなかった。病気ということにしよう。そのためには、かなり重度の病気でなければならず、外に出すことを禁じなければならなくなるかもしれないが「せめて」そのくらいの「抵抗（?）」はしたいと、私たち夫婦は敏夫さんの前で、ささやかな強がりをいった。

「おじさん、浅草、どうしたかね？」

帰りの電車で、ドアに押しつけられながら稔はそういった。南瓜や米や薩摩芋で足元のリュックはふくらんでいる。稔は、はずんでいた。プラモデルやチョコレートではなく、芋や米で心がはずむ稔は、もう半ば以上昭和十九年の少年であった。

「ま、一日で、どうということもないだろう」

謄本の偽造である。人に聞かれるわけにいかない。私は言葉を選び、その話題をやめさせるつもりの目くばせをしたが、

「そのことじゃなくて、ほら、自分の家やお父さんの家」といった。

そうなのだった。敏夫さんは「故郷」をちょっと見て来る、といった。

「いたら、どうする？」と稔は今朝、敏夫さんに聞いていた。「子供の頃のおじさんやお父さんがいたら、どうする？」

「ほんと――怖い」と信子もいった。

「怖いなあ。でもね、いま頃は強制疎開でもう家は壊されたあとのはずなんだな」

「なあんだ」と稔はがっかりしたが「でも、とり壊しにならなかった友達もいたわけでしょう。その子たちに逢うかもしれないわ」と信子は、まだ気味が悪そうである。

「そうだなあ。どうすっかなあ。頭でも撫でてやるか」

敏夫さんは笑ったが、敏夫さんだってそのあたりは気味が悪いはずで、私も今夜の敏夫さんの話を待ち構えているところがあった。

六時すぎに家に着いた。

敏夫さんは、まだ帰っていない。食事の前に稔を連れて銭湯へ行った。稔はうまれて二度目である。しかし、この二度目には多少意味があった。

かつての世界で、家の風呂、旅館の風呂しか知らなかった稔は、いまの世界の中野ではじめて銭湯へ行ったのだった。それからは、二度と行かないといっていた。

中野の銭湯は、物凄い込みようで、洗うのもすきを見て割込むように坐らなければならなかった。裸と裸が触れ合い、むろんいちいち詫びをいう者はない。湯は汚れて臭気がのぼり、その湯舟に入るのに、何列もの順番を待つ列が出来ているのだった。稔はろくに洗わず、湯舟にも入らずに数分で出てしまい、私が外へ出て来ると、表で待っていて、

「絶対に二度と行かない」

帰り道に何度もそういった。

ところが今日は一緒に行くという。

私も板橋の銭湯ははじめてで「まだ少し早いから、多少はましかな」と迷うように

いうと、行く、というのだった。

ひどい汗ではあった。薬缶の少量の湯を洗面器に注いで身体を拭くのでは、汚れも疲れも落せない。しかし、それは四十七歳の神経というもので、小学校五年の稔に、そうした要求はあまりないと考えたい。つまり、私は、今日の一日が、稔を少し私に近づけたと思いたいのであった。少くとも離れた、とは思いたくない。

稔の前で、私は農家の主人にへつらい、自分を間の抜けた意気地なしに見せることで歓心をかおうとした。

主人は「お前」と私のことを呼んだ。「お前なんかに野良仕事は半日だって出来るもんじゃねえ」といい、私は「出来ないなあ。出来なきゃいけないんだけど」とわれながら不必要にへりくだり、首筋を叩いてみせたりした。

それを稔が許したと思いたかった。

事実、嫌悪感を抱いたのだったら一緒に銭湯へ行くなどといい出すだろうか？　二度と行かないといった銭湯へ行くという稔に、私が感傷的な空想をしても無理はないと思いたい。

銭湯は中野ほどではなかった。もっとも女湯の方は男湯の二倍は入っているようで「声を聞くだけで、のぼせちゃうね」と稔は大人びたいい方をした。上《あが》り湯の使用が禁じられていた。中野ではなかったことだ。汚れた湯舟から出たら、そのまま拭いて上らなければならない。「当局の命により」と貼り紙には、うたわれていた。「当局の命により」上り湯を禁ずるか——政府の管理統制はとめどがないという思いだった。


帰り道の夜風は気持がよかった。

「今日は稔も頑張ったなあ」と私がいうと、

「フフ」

と稔は笑うだけで、あとはぶらぶらと並んで歩いた。

帰ると信子が笑っていた。敏夫さんが笑わせている。

「どうだった?」と上りながら稔がもう聞いている。「いた? 子供の頃のおじさん」

「いたいた。お父さんもおじさんもいてな。ベーゴマやってるんだよ」

「ほんと?」

「バカね、嘘よ」と信子がまた吹き出してしまう。妻が階下の台所から味噌汁の鍋を持って上って来て、

「私もはじめ欺されちゃったわ」と笑顔であった。

「なんか、いいことあったの？」

坐りながら私が聞くと「俺たちのリヤカーをね、さっき外で大家さんが貸してくれっていうのよ」と思いがけないことをいう。

「うん？」

「あっちこっちで借りたいっていってきてるんですって」と妻がいう。

「このあたりも疎開ってこと？」と私がいうと「読みが早くなったなあ」と敏夫さんが笑う。

「そうじゃないの。でも、物だけ疎開させる家が出て来たのかしら？」

そういいながら妻は飯をよそいはじめる。信子が手伝って味噌汁の蓋をとる。

「一時間二十円でどうだろうっていうんだよ」

「そりゃ、すごいな」

「運送屋はね、それ使って三十分で三十円くらいとるらしい」

ハガキ三銭、新聞代月一円六十銭の時代である。

「それは、ひどい」

「ひどいけど、こっちには大変な収入だ」

「大家さんは、いくらか知らないけど」と妻が続ける。「とうぜんマージンをとるわけでしょう。そうすれば、私たちもここにいやすいし」

「せんさくするのも多少控えるだろうしね」

「いいじゃないの」と私はいった。

そういうことを、主人が私にではなく、敏夫さんにきり出したことで傷つかないでもなかったが、収入があることはありがたかった。

「で、浅草は？」

「まだね、手応えありってところだけどね」

「そりゃ、いいね」

「区役所の人間とね」

「うん」

「コンタクト出来てね」

「早いな」

「国がこう力を持っちまうと、役人を叩く者がいないからねえ」

「どういうこと？」

「威張ってやがるよ」

「そう」

「あと、二、三回は行くことになるだろうけど、大丈夫、手に入るよ。どう見たって日本人だしさ。まさか昭和五十六年から来たなんて思いようもない。そんなもん窓口ですぐ再交付するよって、なにを頼みたいのか分らないようだったけど」

「で──」

「うん？」

「私たちの故郷《ふるさと》の方は？」

「取り壊したあとでね」

「やっぱりそうか」

「お宅の大きな営業用のストーブと、何故だかうちの方は、便所の金かくしが残ってた」

「そう──」

「で、昔の友達なんかは？」と稔はそれが気にかかる。

「うむ、子供、いたけど──分らないんだよなあ。顔なんか本当に忘れてる。そうかなあっていう子がいないでもなかったけど──」

「へえ」

「声かけても、相手はなんのことか分らないじゃない」

「そりゃそうね」と妻が食事のはじまるのを待っている。

「ま、黙って、ツーッと通って、帰って、来ちゃった」

「そう」

それから、南瓜と鯵《あじ》の干物と味噌汁と麦飯の、少し贅沢な夕食をはじめた。

第八章　決意

昭和二十年を、私たちは荻窪で迎えた。

疎開した大学教授の家の階下を借りていた。二階は罹災者（空襲で家を焼かれた人をそう呼んだ）の三人家族で、十九年の十一月三十日に神田の小川町で爆撃にあったのだった。老夫婦と三十五、六の独身の娘さんである。まだ罹災者は珍しかった。

サイパン島から二千二百八十キロを飛んでやって来るB29爆撃機の東京初空襲は十九年の十一月二十四日で、二階の後藤さんは、それから六日目にやられたのだ。古本屋をやっていたそうで、とても堅い一家で、私たちが聞いても、三人とも空襲の夜の話は避けてしなかった。

罹災証明書（これによって食糧、衣類などに多少の優先処置がなされたのである）の交付を受けるとき、係員が人心を「いたずらに不安定にする」から、被爆状況については、極力話さぬように、といったとのことである。新聞もなにも書かない。書いても「被害は軽微」というようなことだけである。

「新聞はしょうがないけど、普通の人が周囲の人にしゃべるぐらいいいじゃないねえ。なにが役に立つか、どうやって逃げた人が助かったか、そういうことをしゃべれば、どれだけ聞いた人が助かるか分らないのに」

妻は二階を気にしながら小声で不平をいった。そのとおりだったが「堅い人」というものは、いるものなのだ。

「ほんと」敏夫さんも朝のトウモロコシの粉のパンを食べながら、

「上からいわれると、がっちりそのとおり守っちゃうのがいるんだよねえ。怖いよねえ、そういうの」と立上り、「足がだるくてしょうがない。足りないんだねえ、ビタミンもミネラルも」と玄関へ行く。淀橋区の銃機工場で、トラックを走らせていた。

私は四谷区の小さな鉄兜《てつかぶと》工場に勤務している。共に国民労務手帖を交付されていて、まぎれもない戦時下の日本臣民であった。

靴をはく後姿の敏夫さんの首筋がシャツから細く見えている。私がいちばんひどいが、敏夫さんも妻も信子も稔もすっかりやせて、肌もカサカサとして、目がギョロリと大きくなっている。

　敏夫さんが出て行くと、

「あてこすりをいって」と妻が皿を片付けながら泣くような声でいう。「栄養が足りないのは、私のせいじゃないわ」

「あてこすりをいったわけじゃないだろう」

「すぐそういって味方するんだから」

「誰もきみのせいだなんて思いやしない。きみになにが出来る？」

「これでも、少しでもおいしくしようと、毎日毎日、毎日毎日工夫してるんですからねッ」

　乱暴に皿を流しにおく。妻は、ただ当り散らしたいのだ。しかし皿を割るわけにはいかない。すべて持てる物は貴重だった。一度失くすと、なんであれ手に入れるのは情けないほど難しかった。

「ご馳走さま」

　黙って食べていた信子が、皿を持って立上る。女子挺身隊として、郵便局へ勤めていた。ブラウス、セーターで、モンペを穿《は》いている。そのどれもが、昭和五十六年からの衣類ではない。未来からの衣類は、大半すでに金にかえていた。衣類だけではない。プラスチックのコップ一個、ステンレスの包丁一本が、敏夫さんの秘密めかしたつくり話に飾られると、思いがけないほどの金になった。じじつ、品質は格段にすぐれており「また手に入らないか？」とわざわざ敏夫さんを捜してやって来る人もいた。しかし、もうそれらは、ほとんど手元になかった。昭和十九年に存在するはずのない繊維、デザイン、品物が、騒動や疑惑を呼ぶことを怖れたが、敏夫さんの「いいですか？　こうした物を平民が持っていることが分ったら、当局からどんな疑いを持たれるか分りませんよ」というような警告のせいか一度もトラブルはなかった。品物自体が敏夫さんの言葉を補強したのだろう。どこへ行ったって、他にそんな品物はないのだから。

稔は、家にいた。

五百円近い金を使って、縁起でもないが肺結核の診断書を手に入れたのである。前にも書いた通り、首まで戦時中につかりきってしまった私たちの「せめても」の抵抗のつもりだった。家で妻が勉強を教えた。私は持って来た現代史の本（これらを発見されることは命取りだったので、数冊を残して処分し、残したものは新聞紙でカバーをして、リュックの底へかくしていた）をひらいて、新聞が報道する戦況が、いかに歪《ゆが》んだものか、本土決戦の決意をのべる人物が、戦後いかなる主張を平然と唱えたか、八月十五日の敗戦までに、さらにどのようなことが起きていくかなどを、出来るだけ平易に話すようにした。

しかし、稔は次第に口をきかない子になって来た。めったに家を出ないのに、疥癬《かいせん》(伝染性の皮膚病)にかかり、それが栄養不足のせいですぐ膿《うみ》をもち、痒《かゆ》みと痛みで、夜もよく眠れぬことが多かった。

その上このところは連日、B29の来襲であった。ラジオは、番組を中断してブザーを鳴らし「東部軍管区情報」と前置きをして、米軍機の来襲をつげた。

「敵機らしきもの南方海上より本土に接近しつつあり」

それがすぐ、

「関東地区関東地区、警戒警報発令」と続き、もはや集団疎開で生徒のいなくなった学校のサイレンが鳴りはじめる。それは三分にわたって鳴り続けた。

「敵数編隊、八丈島方面より高々度にて北進中」という情報が続く。たちまちそれが「敵第一目標は、房総半島より本土に侵入しつつあり」となり、空襲警報のサイレンが鳴りはじめる。今度は四秒刻みで十回くりかえされる。いかにも不吉な音色で、その音の中から警防団員たちの「空襲警報発令！　退避、退避」と叫ぶ声が、遠く近く聞えはじめる。

そうなると、何時であろうと、庭に掘った退避壕に全員がもぐりこまなければならなかった。むろん深夜でも寝間着のままというわけにはいかない。家が焼けてしまうかもしれないのである。防空頭巾をかぶり、雑嚢にそれぞれの貴重品を入れ、土の中へ入って小さくしゃがむのだった。二階の三人家族もいっしょで、土の壁に身体がつかぬようにするのはむずかしかった。土は冷めたかった。いや、冬そのものがいつもの年より冷めたかった。

地鳴りのような音が低く聞えはじめる。地鳴りではない。空だった。米軍機の轟音が、抗《あらが》いがたい運命のように頭上を覆って行く。

やがて遠くでズズーンという爆撃の音が聞えはじめる。ときには、焼夷弾のせいだろうか、爆撃らしい音もしないうちに、遠くの空が赤く染まり出すこともあった。

ともあれ遠くであった。いや、かりにこのあたりであっても、この一画は燃えないはずであった。妻が戦後高円寺で中学時代をすごし、このあたりが空襲で焼け残ったことを知っている。だから退避などせずに寝ていてもいいのだが、二階の三人が律義で、そうしたわが家の態度を隣組に訴えられる怖れがあった。

二階の老人は警報が鳴ると、ほぼ正確に二分後にはもう階段をおりていた。おりながら「退避です。退避ですよ、奥さん」と妻を呼んだ。

「はい。承知しています」

妻は嫌悪をこらえながら大声を出し、「なんとかならないかしら？　寝ていられないかしら？」と小さく私に訴えた。しかし、次の空襲では、また同じことがくりかえされた。「こっちは寝ています」とはいえなかった。適切な口実も思いつかない。そうした日々に稔は黙々と従い、それはかつての新也くんを思わせて、敏夫さんには悪いが、稔の人格がとりかえしのつかない方向へ歪んでいっているような恐怖が走ることもあった。

「友達がいないのが、なによりいけないのだろうが――」

ある夜、眠った稔を、妻と見ながら小さく話していると、信子が寝床から、

「集団疎開へ行きたいっていってたわ」と首をこちらへ回しながらいった。

「稔が？」

「あの子、見ていたから」と妻がいう。「九月に、みんなが駅へ行くの、二階から見ていたのよ」

このあたりは群馬県と山梨県が疎開先となった学校が多く、そのいくつかの学校は駅へ行くのに、家の前の道を通過した。子供達は、はしゃいでいた。教師は、これからの田舎での集団生活について暗い予想を、当然のことながら口にしなかったし、教師自身、はじめての体験であり、気負ってもいた。ちなみに、学童の集団疎開の目的

は「重要都市の防空活動を容易にし、防衛力を強化するとともに、次代を担う国民を安全な所で基礎的に練成する」（浄法寺朝美『日本防空史』）にある。

　街から子供が消え、それをひとり二階の窓から眺めている稔の孤独は、集団疎開で親元をはなれ、飢えと悪餓鬼のいびりの中で生きる孤独に比べてましなはずだったが、それは親の考えであり、稔が体験しない世界の方をましだと思うのは自然だった。

　翌日の夜、私は集団疎開の現実について、記憶にあるいくつかの挿話をそれとなく話したが、稔は黙っていた。黙って、掌の真ん中の、十円玉ほどの大きさに、はちきれそうに黄色く膿んでいるできものの周りを指で掻いた。箸も持てぬ腫れ方であった。

　二月十六日の朝、六時五十分に家を出て、荻窪の駅へ歩きはじめた私は、途中で警戒警報のサイレンを聞いた。寒気が耐えがたいように思える。朝食をとったばかりなのに、そのぬくもりは忽ち奪われ、鼻水が手拭いでぬぐってもぬぐっても落ちて来た。しかし、それくらいで工場を休むわけにはいかなかった。他へ回されたくなかったのである。

　鉄兜の工場は、社長が興奮性の少ない男で、仕事がしやすかった。工場長は、材料の一部で鍋をつくり、それを闇で売りさばいて、工員に公平に（もしくは公平に見えるかたちで）金を配った。社長も承知のようで、それは国から見れば不正には違いなかったが、そういう不正は救いであった。工員の誰ひとり、不正に抗議するものはいない。それは戦時中の日本人についての私の先入観に反したが、国がこれほど言論統制をし、戦争に全精力をそそぐことを叫び続けても、国民というものは、いうことをきかないものだな、と呆れるような頼もしいような気がした。ある程度観念で行動する癖を持った者は、いまの瞬間、国のために生命を捨てている者がいるのだから、たとえ気に入らない戦争でも私利私欲のために鉄兜の材料で鍋などつくるべきではないとか、鍋にしなかったらその鉄兜によって何人かの生命が救えたかもしれないとか、そういうことを考えて、けっきょく国のいうとおりに鉄兜をどんどんつくってしまうような気がするのだが、わが工場の仲間は、そういう想像力はあまり働かせず、工場長が配る金を多少うしろめたく、いやらしく笑ったりして（私も一緒にいやらしく笑っているのであるが）どんどん受けとってしまうのであった。そういうえげつなさに嫌悪を感じないわけではなかったが、同時に、強権を持った政府の下で生きるための知恵を教えられたような思いもあるのだった。

で、七時近くに駅へたどりつくと、空襲警報のサイレンが鳴った。

駅前にも穴を掘っただけの簡単な退避壕がいくつかあり、人々はそれらのどれかに入るべく散りはじめた。あまり熱心ではない。去年の暮あたりは、まだ空襲に慣れていなくて、みんな素早くわれ先にというように穴へとびこんだのだが、今はもうそういうことはなかった。

空襲といっても、自分の周囲に爆弾が落ちることは、ほとんどなく、やがて「解除」のサイレンが鳴って、ぞろぞろ穴から出るということがくりかえされたので、またか、という気持なのである。しかし、穴に入らないわけにはいかなかった。警防団員が「退避、退避」と叫びながら、ぼやぼやしている人を叱って歩くからである。「バカヤロウッ。生命がいらないのかッ」などと、よほどの権力でも持ったつもりの大声で通行人を叱りつける男もいて、そういう連中に逆らえば、つまらぬ議論や非難に巻き込まれるし、敵機より警防団や周囲の目を警戒して、みんな穴に身を隠すのだった。

朝なので人が多く、穴はすぐ満員になった。私はちょっと選《え》り好みをしていたので、入る所がなくなり、駅舎の陰へでも行くかと、その方へ小走りに行こうとすると、「こっちこっち」と敏夫さんの声がする。

見ると、七、八メートルはなれた穴の端から敏夫さんが手招きをしていた。私より十分ほど前に家を出ていたので、

「あれ、もう電車に乗ったんじゃなかったの？」と穴のすき間へよいしょと下りると、

「電車来ないのよ。そのうち空襲だ。やめるかなあ、今日は」という。

「大丈夫？」

「大丈夫、大丈夫」

敏夫さんの工場は兵器の製造だし、休むと、「官憲の手をもって処断する」と脅かすそうなので、ほとんど敏夫さんは休まなかった。問題を起して追及されると、とめどない疑惑を抱かれそうで、律義に通わざるを得ないのだった。

「こうなるとあれだね」と敏夫さんは、数日前にいった。「いくら家のあたりが焼けなくたって、工場にいてやられるかもしれないし、通勤の途中でやられるかもしれないし、死なないという保証はないね」

「ほんとだなあ」と私も溜息をついた。いったん戦時中の国民の一人として組み入れられてしまうと、何度もいうようだが、未来をどう知っていようと、正確な批判力があろうと、あまり役に立たず、周りの人と同じに死の危険にさらされてしまっているのだった。

「今日のはね」と穴の中で敏夫さんがいった。「どうやら艦載機らしいよ」

「艦載機？」

艦載機といえば、航空母艦に乗っている飛行機のことである。

「どうして?」どうして知っているのか? と私がきくと、

「駅のラジオがいってた。警戒警報のときね」

「じゃ、つまり――」

「そう。サイパンどころか、もっと近くへアメリカの艦隊が来てるんだよねえ」

「そうだっけ?」

そうだっけ、というのは、読んだ本にそういうことがあったかなあ、と思ったのである。東京の空襲はB29が高い上空から、豆でも撒くように焼夷弾や爆弾を落したというように思っていたのだった。

「じゃ、機銃掃射もあるわけ?」

つまり、小型機が地面めがけて、機関銃のようなもので銃撃することもあるわけか? と聞いたのである。

「あるわけだねえ」

「そう」

そういうことは、東京周辺ではあったが、東京ではないような気がしていた。しかし、周辺にあって東京にない方がおかしかった。

「じゃ、今までとは、違うね」

「違う。ラジオは数百機が近づいているといってた」

「数百機？」

しかし、空を見上げても、爆音らしいものは少しも聞えなかった。高曇りである。

「どこがやられるか分らないけど、今日は家にいた方がいいな」

「二月十六日か――」と私は呟いた。

「うむ？」

「二月十六日に、どこがやられたか分るといいんだけど、うちにある本には、そこまでは書いてないな、多分」

「そうねえ。たいてい三月十日だよねえ」

敏夫さんは、さらに声をひそめていう。

「うむ」

それから私はドキリとした。これは、あり得ない会話だった。周囲にいる日本人にとっては、あり得ない会話だ。むろん、聞えるようにはしゃべっていなかったが、私は突然鋭く自分の罪を感じた。俺はなにをしている？　そんなふうに思った。

家族が住居と空腹と栄養失調で苦しみ、かつての世界から持って来た品物をほとんど失ったいま、特権的なものは未来についての知識以外にはなく、それとて、わずかに敗戦まで空襲を受けなかった土地を選んで間借りをするという程度の利益しか生まないことを歎いていたのだった。

しかし、三月十日の大空襲を私は知っているのだ。それが二時間二十二分の空襲だったこと、たったそれだけの間に十万人に及ぶ死者が出たこと、それが下町一帯であったこと、上野公園へ逃げた人は助かったこと、それらを私は知っているのだ。そして、その日が間もなく来ることを、ただ放置しているのだ。

出来るはずだ。なにかが出来るはずだ。

穴から出て行く人が、出はじめていた。

いぜんとして爆音はない。静かな駅前を小走りに身をかがめて何人かが横切る。するとすぐ、あっちの壕からもこっちの壕からも、そして私たちのいる壕からも人々が道へあがって散りはじめた。

「行こうか」と敏夫さんがいう。

「どこかで話せないかな」と私はいった。

「来た」と背後で誰かがいった。すると連鎖反応のように「来た」「あ、来た」「来たよッ」と声がとび交い、警防団員らしい男の声が「退避、退避ッ」と目がさめたように叫びはじめた。

穴から出て散りはじめていた人が、方向を乱して、また傍の壕へすばやく飛びこんだ。

Ｂ29なら、そんな反応はもうない筈であり、今日の敵機が艦載機であることが、知れわたっているのが分った。轟音が聞えて来た。

「駅は狙われるからね。ほんとは、はなれた方がいいんだがね」とひとごとのようにいう老人の声が聞える。走る人、叫ぶ人がいなくなると轟音は、さらに大きくなった。

曇り空にプロペラ機の轟音だけが秒を追って大きくなる。

「なるほど、こりゃあ数百機だ」と敏夫さんが、小さくいう。

うなずきながら、雲を見上げていると、雲のあちこちが、キラキラと小さく光る。

「あ」

少女の声がする。

「いたいた」と別の女の声があがる。

たしかに小型機だった。編隊を組んで落着いたものだ。

「どこだ？　目標は」と敏夫さんも見ている。すると、一方から小型機が撒かれたように三、四機キラキラと光って身をひるがえした。

「味方だ」「零戦か?」などという声がする。編隊の一部が崩れるように散る。

撃ち合っているはずだが、プロペラの轟音が凄いので、よく聞えない。

急に一機が煙の筋をつくりながら落ちて行く。敵か味方か分らない。

「あ」「あ」

みんな、空を見上げていた。


その日は夕方の六時まで、空襲警報は解除されなかった。電車は動かず、ラジオの東部軍管区情報は、本日の敵機は千機に及ぶと発表した。

私は敏夫さんと小一時間外で話したあと家へ戻ると、わずかな戦争の記録をリュックの底からとり出して頁をくった。三日後の記録があった。米軍硫黄島上陸である。三月十七日に硫黄島の日本軍が玉砕するまでの、米軍、日本軍、日本政府、参謀本部の記録であった。しかし同じ時期の東京の空襲の記録はない。

空襲は、三月十日をくわしく、四月十三日、四月十五日、五月二十五日などの大空襲が略記されている。

とにかくまず三月十日だった。

歴史を変更する力はないにしても、十万の死者を千でも二千でも救うことは出来るかもしれないし、出来ないまでも試みるべきであった。

「どうやる？」と敏夫さんはいった。「ビラを配っても信用する奴はいない。疑われて、逮捕されるぐらいが落ちだ」

「方法は考えるよ。協力してくれるか、どうかだ」

敏夫さんは黙っていた。

「たとえば」と私がいう。「たとえば東部軍管区本部へ電話をする。三月十日に下町がやられるから出来るだけ大勢を避難させた方がいい、という」

「信じると思う？」

「やってみてもいいでしょう」

もっとも、そんなことなら敏夫さんの協力はいらなかった。

翌日も、朝から空襲だった。

しかし、昨日の経験が、みんなを気楽にさせていた。艦載機は、機銃で人を撃つかもしれないが、爆弾を落さないというのである。B29の来襲に比べて、

「どれほど楽かしれやしない」と警防団の中年男たちまで、空襲のさなかに立話をはじめていた。通りを行く人の笑い声が聞えた。電車も動き出したという。

遅刻して工場へ出掛け、鉄兜をつくる。四時に警報は解除になった。

夜、蒲団に入り、いつもならすぐ眠ろうと努めるのだが、しばらく暗い天井を見ていた。妻が隣の蒲団へ入って来て、「どうしてこう寒いのかしら?」という。

「うむ――」

「足が氷のよう」

「うむ――」

「聞いたわ」

急に声をひそめた。

「うむ?」

「三月十日のこと」

「敏夫さんに?」

「ほかにいる?」

「いや――」

「なにもいってくれないんだから。女房になんて話してもしょうがないと思ってるんでしょう?」

「そんなことはない」

「やった方がいいと思うわ」

「なにを？」

「だから、三月十日に出来るだけたくさんの人に避難をして貰うの」

「問題は方法だ」

「あるの」

「ある？」

「流言蜚語。それしかないと思う。あなたと私と敏夫さんで——敏夫さんが賛成してくれればだけど——下町へ行って、バラバラに、どんどん流すのよ。三月十日に大空襲があるって」

「どこで？」

「え？」

「どこで流す？　まさかいきなり井戸端会議にわり込んで、そんなことをいい出すわけにはいかない」

「たとえば外食券食堂とか——」

「うむ」

「下町へ行ってみましょうよ。どんなふうにしたらいいか、きっと思いつくわ」

声の艶に思わず妻を見た。しかし暗闇で妻の顔はほとんど見えない。

「そういうことをしなかったら、私たちがこんな時代に生きてる意味ないもの」

めまいがした。学生の頃の妻を感じた。過去が溢れるようによみがえる。長い髪の娘が、本をかかえて小走りに横断歩道を横切ってくる。待っている私に気がつかないのかと思っていると、急に顔をあげて、一直線に私を見る。微笑して手をあげる。セーターの胸のふくらみ。足にまとわりつくようなスカート。ひらたい靴。高田馬場駅。

「もっと早く、やるべきだったわ」

まさか——時が逆流して、妻が、若くなっている？　むろん、そんな想像は突飛だった。しかし、すでに私たちは、激しい逆流にのみこまれているのだ。この上、なにが起ったたって——。「三浦さんてお医者さんあるでしょう。十日やそこらなら、頼めば診断書書いてくれるそうよ。すごく大げさな病名をつけてくれるって」

私は枕元の雑嚢からマッチをさぐった。

「なに？」

「煙草だ」

「あるの？」

なかった。とうに配給を喫いつくしていた。

「ある。あるはずだ」

私は、気持を押さえかねて、マッチをすった。つかない。ひどい不良品が多かった。妻の顔が見たい。声がちがう。妻は近頃そうした社会的関心をほとんど見せていない。それは、前の世界にいた頃からそうで、まして今いる世界で知りもしない人間のために、痩せ細り絶えずだるさのつきまとう身体で、なにかをしようなどといい出すとは思えなかった。すでに非合理の世界で生きている私は、たちまち学生の頃の『チボー家の人々』やボーヴォワールの自伝、リリアン・ヘルマンの戯曲を愛した理屈っぽい娘が横にいるという直感に圧倒され、次々とつかないマッチをすった。

「どうしたの？」

火がついた。妻を見る。

「やだ。どうしたの？」

そういう妻は、三十六歳の妻であった。頬が落ち、目がくぼんで、数ヶ月前のテレビライターの妻でさえなかった。疲れた戦時中の徴用工の妻であった。

息を吹きかけて、火を消した。

マッチの先の小さな赤が消え残る。

「どうしたの？　いったい」

「いや――」

点のような赤い火が消え、また暗闇が来た。

それから、こみ上げるように、そんな妻に愛情を感じた。このわけの分らない生活の激変の中で、ほとんど妻を心からいたわったことがなかったのを、はじめて意識した。

「行こう。診断書を貰って、休んで、三月十日まで、なんとかやってみよう」

私は、妻を抱いた。

一日おいた十九日。妻と二人で浅草へ出掛けた。

三月十日のB29の目標は、隅田川をはさんだ東京南部の旧四区――深川区、本所区、浅草区、日本橋区である。当時この四区で百三十万人が住んでいたといわれている。その中の、百人でも二百人でも、自分たちの力で救うことが出来れば、たしかに、この時代へ戻った意味があるというべきだった。

はじめて見る昭和二十年の浅草は荒れ果てていた。六区の映画街は、歯の抜けたようにいくつかの館がとり壊されている。

国際劇場だけが、戦後のそれを見慣れたせいか堅固で新しく感じられた。通りをへだてて、その前の家並は、すべてとり壊され、その中に私の家の跡もあった。

敏夫さんが残っていたといった営業用の大型ストーブも、いまはない。あのような鉄材を、軍が放置しておくはずもなかった。

「疎開先へ行けば、少年のあなたがいるわけか」と妻は、いたずらっぽい口調でいった。その口調は、白髪が幾筋か見える小皺のある顔に似合わなかった。

「うむ。行ってみるのもいいな。話をすることが出来たら、一番いい相手かもしれない」

そのことには、いままで触れるのも怖いような思いがあったのに、急に少年の自分に強く逢いたいような気がした。

しかし、切符を手に入れ、おそらくは二日がかりになるかもしれないその旅は、あと回しだった。

「たとえばここで、どうやって流言蜚語を流すかだな」

もともと二人とも人見知りの傾向があり、気楽に知らない人に立ちまじって話がはずむというたちではなかった。

「ええ——」

妻は人を求めるように周りを見回したが、通りかかる人に、とても声をかけられそうもなかった。かけても、いったいどうやって三月十日のことなど話せるのか？

隅田川まで歩き、川べりで昼食用の芋を食べた。二本ずつだった。

「橋を渡ろうか？」

「ええ――」

吾妻橋を渡り、また腰をおろして対岸を見た。すぐ疲れてしまうのだった。

「なんだか老後の気分だな」と苦笑する。

「久し振りだわ、二人で歩くなんて」

しかし、いい年をして、これでは仕様がない。一ヶ所ぐらい流言の火をつけて帰ろうではないか、と押上《おしあげ》の方向に歩いた。

午後の街は、時折ぱたりと人影が絶えて道ばかりが広く白く、私たちの靴音だけが聞え、白夜を歩くような気がした。

「空襲、なさそうだな」

「そうね」

しかし、押上駅を過ぎたあたりで、サイレンが鳴り出した。警戒警報から空襲まで数分の間しかなく、空襲のサイレンの鳴っている間に飛行機の轟音が聞えはじめた。

編隊である。

「艦載機じゃないぞ」

私も音に敏感になっていた。

たちまち上空にB29の十機ほどの小編隊がキラキラと見えはじめた。

「この辺は大丈夫だ。この辺は三月十日なんだから」

しかし、周囲に走る人があり、つられたように走って、近くの防空壕に飛びこんだ。

爆弾の音が、ズズーンと地面を揺るがすように聞えた。深川方向だった。

隣組らしい女性の十数人が、火たたきやバケツを持って、腰を低めて閉じられた商店街を走って行く。

また爆弾の音が聞える。深川よりさらに下流だ。プロペラの轟音が空を覆っている。

「この辺は――」

振りかえって私は、同じ壕にいる七、八人のひとりにいった。

「この辺は三月十日だそうですよ。そういう噂が随分流れてるそうですよ」

なにをいい出したのか、と突然きり出した自分に半ば驚いているところがあった。

人々が私の顔を見ている。

「ええ」と妻がすぐ続けた。「三月十日だそうです。空襲は三月十日にあるそうです」

「三月十日、下町は大空襲だそうです」

爆撃の音が続いていた。そういう異常な状態が自分を失わせるのか、私も妻も、一度口をきると、自然に大声が出せた。

「三月十日です」

「三月十日が大空襲です」

「駄目だよ、あんた」と五十代の女将《おかみ》さんふうの婦人が、慌てたように小刻みに手を振った。「憲兵が聞いてたら、ひっぱられっから。冗談じゃないよ。とんでもないよ」

「そう」「そう」「そんなこというもんじゃない」と人々は口々に親切にそういった。

その日、はじめて罹災者の列と焼死体を見た。

三時すぎ、警報が解除になり、日本橋方向に黒煙が高く、半ば空をかくすようにのぼっていた。

二人で、その方向へ歩いた。

深川に近くなって、道に罹災者が突然立っていた。

爆弾を受けていない静かな下町の道に、老人が若い娘と少年に両側をささえられて立っており、三人とも異様に赤い目をしていた。濡れそぼった衣服は、泥の中でもかいくぐったように汚れており、周囲が平穏なので、いきなり別の次元から地獄絵の人物が移送されて来てしまったような衝撃を受けた。

三人は、私たちの出現に、なんの反応も見せなかった。しかし、近づいて「大丈夫ですか？」と私がいうと、娘はしごく日常的な声で「ええ、大丈夫です。いま叔父が迎えに来るんで、待っているんです」といった。気を張っているようだった。

「なにかお手伝いすることありませんか？」と妻がいうと、

「ありがとうございます。でも、大丈夫ですから」と娘は意地でも張るように明るくいい、「叔父が迎えに来るのを待っているんですから」と同じことをくりかえした。

老人と少年は表情がない。

「お大事に――」

お辞儀をして、先へ向った。

すぐ街が散らかってきた。ガラスが散乱し、看板が落ちている。戸がはずれている家もある。電線が切れて、道路へ長い弧を描いて落ちている。

「爆風だな。爆弾が落ちたんだな」

道を片付けている人々がいた。罹災者とそうではない人々が入り混じっているように見えた。片付けを待ってリヤカーをひく形で立っている罹災者の中年男がいた。その顔の左半分が火傷で赤くただれ、同じ左の国防服の肩が破れて裸の白い肩が見えている。

さらに進むと、道の両側にうずくまった人、横たわった人、汚れて疲れ果てた人々が見る見るふえ、炊き出しの小さな握り飯に列をつくる人々が続き、それから煙が流れはじめて、火災のあったひろがりへ出た。火はほとんどおさまり、しかし余燼の煙があちこちで這い上り、ひろがって、濃霧のように遠景をかくしていた。煙の奥まで が焼け跡で、遠く木場の方までやられているように見える。

「十日の前に、こんな空襲があったのか」

「ええ――」

目が痛くなる。道の両側からの熱気が次第に耐えがたくなってくる。立止ることが出来ない。しかし、その熱気のところどころに、亡霊のように罹災者が立ちつくしている。

「感じないのかしら？　こんな熱いのに」

妻は、息を切らすようにいう。

私は煙で目が痛く、涙を流しながら、「これだな、みんなの目が赤いのは」などとバラバラなことをいって、つまずいて膝をついた。地面ではなかった。

「あ――」

私は、小さく声をあげて、とびのいた。

焼死体だった。気がつくと、そこから先に黒い焼死体がごろごろと十メートルほどにわたって数十体も並べられていた。私はいってみれば感受性の扉を慌てて閉めて、無感動を楯のように押し出しながら、ゆっくり立上った。こうしなければ、叫び声をあげそうだった。

第九章　九日までの行動

　夕食のあと、敏夫さんが来てくれというので、稔と信子に片付けをまかせ、夫婦で座敷へ行くと、

「ワラ半紙を四百枚、手に入れてね」と敏夫さんは坐りながら雑嚢をあけていた。

「いろいろ考えたけど、やっぱりビラも配らないよりは、配った方がいいと思ってね――」

「三月十日のこと?」

「そう。三月十日」

「敏夫さん、不賛成かと思ってた」

「不賛成なわけがない。ただ、どうしていいか分らなかった」

「しかし、ビラなんか配れるかな?」

「すぐ見つかって、警察あたりにつき出されるわ」

「新聞みたいにね」と敏夫さんは四百枚のワラ半紙を畳においた。「一軒ずつ、もしくは五、六軒おきに、投げこんでいくのは、どうかな?」

「なるほど――」

それなら見つからずに出来るかもしれなかった。

「半分に切れば、八百枚になる」

「謄写版がいるわね」

「問題は、それでね」と敏夫さんは紙をちょっといたわるように叩いた。「それと文章だなあ」

なにかアイデアがありそうないい方なので「うむ?」と私がうながすと、

「易っていうのは、どうだろう?」とやや得意そうな顔になった。

「エキ?」そう聞く妻に、

「そう、易。占い。つまり高島象山《たかしましょうざん》とかね、ま、そういう名前を出すかどうかは別にして、とにかくさる易学の大家がいっている、というような仕組みにする」と調子づくように話しはじめた。「この人物は、サイパン玉砕も東京初空襲も一日のずれもなしに予言した。その人が三月十日に大空襲がある、といっている。嘘だと思う人は、三月四日を待ってみなさい。三月四日は雪が降る。三月六日は雨が降る」

「ほんと？」と妻がきく。

「ほんと。悪いけど、これ、ちょっと見せて貰った」と敏夫さんは雑嚢から新聞紙のカバーがしてある私の本を一冊とり出した。『東京焼亡記』であった。三月十日を主とした空襲の記録である。

夕方私たちより先に帰って、確かめたくて、無断でリュックの中からとり出したのだという。そんなことはかまわなかった。

「それに、あった？」と私が聞くと、

「順を追って書いてあるわけじゃないんだけどね、焼け出される前、母親が買い出しから帰らなくて捜すところで雪が降ってくる。勘定すると、四日でね。それから、六日は、午前中土砂降りで、午後はあがった、というのがこっちにある」

敏夫さんは、頁をめくって、そこを示した。なるほど六日は、その通りのようだった。

「徳川夢声の日記とか、誰かの日記を一冊持って来てれば、すぐ確かめられたんだけどなあ」

「大丈夫よ」敏夫さんは本を叩いた。「四日は雪、六日は雨。これ、間違いない」

「で、十日は大空襲——と書くわけね」

「そう。でね——ガリ刷りは、印刷屋へ頼むわけにいかないし、なんとかこっそり出来ないか、工場で当ってみるけど、当座みんなで書いたら、どうだろう？」

「うむ——」

むろん、書いて書けないはずはなかった。

「受けとった方だって、ガリ刷りじゃ有難みが薄いけど、ペンや鉛筆だと、ことによると、と思うかもしれない」

「書こう」

「ええ、書きましょう」妻も即座にいった。

「信子にも書かせよう。稔だって、五枚や十枚は書く。子供たちに話していいことだし、話した方がいいくらいのことだし、みんなで出来るだけ書こう」そうだ。ガリ刷りだなんて、楽を狙っちゃあいけない。一枚一枚書かなくて、どうしてこっちの気持が伝わるだろうか。

「信子、稔、ちょっと来ないか」

「同時に——」と敏夫さんも上気して、「出来るだけ機会を見つけて、噂を流す。三月十日、三月十日——」

「敢《あへ》て名前は控へますが、高名なる易学の大家が、東京市民にとつて、重大な卦《け》をお立てになりました。それを少しでも多くの方達に伝へようと、心をくだいてをります。先生は、サイパンの玉砕、B29の東京初空襲を一日もたがへず予言されました。私共は、それをおのれの耳目で確認してをります。

大卦は、三月十日の陸軍記念日に、深川区、本所区、浅草区、日本橋区を中心に、大空襲があることを示してをります。出来るだけ多くの方が、可能なら、京浜西北方、あるひは西南方に避難されますやうに、貴方からもよろしく御吹聴下さい。もし、お疑ひの向きは、三月四日は雪、三月六日は雨といふ先生の予言を、それぞれ、御自身の目と耳でお確かめ下さい」


「長いね」と敏夫さんはいう。

「でも必要なこと以外は書いていない」と私は頑張った。

「呪文のようなのは、どうかしら？　三月十日出来ルカギリ北方ヘニゲヨ、というような――」と妻もいい出したが、そんなことで下町の人が逃げ出すものか、と私はいいはった。「みんな自分だけは死なないような気がしてるんだ」そういう人たちを動かすのに、少々長いぐらいがなんですか。

その晩から、書きはじめた。

信子と稔には、私がやろうと、決めたときからのことを丁寧に話し、いっしょにやろうと原稿を見せた。

しかし二人とも目を輝かして「やるわ」「やる」というようなことはなかった。だるそうに信子はうなずき、無表情な稔は「ちょっと難かしい文章だが、一枚だけでもいい、書いてみるんだ」と紙を渡すと、さからわずに鉛筆を持った。信子も黙って書きはじめる。いいだろう。今はよく分らなくても、あとで二人は、親たちの決心を誇りに思うだろう。

五人で、その夜のうちに、六十枚書いた。

「この調子なら、八百枚だってわけないな」

大人三人は、元気づいていた。

翌朝、敏夫さんと信子は勤めに出て、私と妻と稔で、向島へ出かけた。

書いた紙を雑嚢や手提げに分けて持ち、ほぼ五軒おきに、戸のすき間や郵便受けに入れて行くことにした。しかし、人通りのあまりない道でも、思いがけなく年寄りの目があったりして、意外に入れにくいものだった。

「住宅地なら、ずっと楽だが、下町はむずかしいな」

そんなことをいってためらっていると、すぐ十軒や二十軒入れずに通りすぎてしまう。ひき返して、どの家に入れようかと、左右を見て行くと、ガラッと傍のガラス窓があいて、

「ウロウロ、なんだね？　あんた方」とけわしい目をした老人ににらまれたりした。

稔は、少しも手伝わない。

「今度は稔が入れてみるか？」と誘っても「いいよ」と抑揚ない声でニベもなくいって、ただ歩いている。そんな変貌が親のせいという思いもあって、叱ることが出来なかった。大きくなってから、親のしていたことを思い出せばいい。

「あ、ビー玉」

急に、はずんだ声でいって、稔はしゃがんで道に落ちていたビー玉を拾った。

「よく見つけたわね」

妻がほっとしたように声をかけている。

稔は毛糸のマフラーの端で、ビー玉をみがいた。玩具もなく友人もなく本もなく、拾ったビー玉をみがく稔が哀れで、しかし、「どこか、闇で卵でも買えないかなあ」

とそんなことしかいえなかった。

「飴でも」などといって、買えなければ、ただ稔のいら立ちが増すだけである。今日はいい。二十枚も入れればいい。稔のための一日だと考えようと、業平橋《なりひらばし》を抜け、本所東宝へ入った。

古物の再上映で「加藤隼戦闘隊」という藤田進主演の戦闘機部隊の物語だった。戦場へとび立ったまま帰らぬ部下の飛行機を待って、夕暮の飛行場に立ちつくす加藤部隊長を見ながら、目の端で稔の反応を窺うと、稔の目が光っていた。泣いているのだった。

私は、誰にぶつけようもない怒りにかられた。すぐさま一九八〇年代に戻って、稔に見たい映画をいくらでも見せ、食べたいものを嫌というほど食べさせ、買いたいものは、なんでも買ってやりたかった。きっとあの時代の日本人どもは、今でものほほんと快楽を享受しているに違いなかった。味が悪いと、寿司を残し、ハンバーガーを犬にやり、冷蔵庫に多くの残り物を入れたまま、けっきょくは捨てることになってしまったりしているに違いないのだった。しかし、いつ私と同じようなめにあうかも分らないのだ。

翌日は、私だけが出かけた。

「稔といっしょにいてやれ」と妻にいった。

日本橋区の裏通りを歩いて、持って行った六十枚を、なんとか入れ終えた。

歩きながら昨日の稔を思い出し、敏夫さんも、いなくなった新也くんを、ひそかに強く気遣うことがあるに違いない、と思った。触れるのを避けていたが、傍にいる他人としては、時折それとなく話題にすべきであった。

しかし、夜の敏夫さんは明るく陽気で、新也くんのことを口にしにくかった。みんなで、また六十枚ほどのビラを書いた。

「さて、今夜はもう起きないよ。疲れた。空襲でもなんでも、勝手にやってきてくれい」

敏夫さんは笑いながら、玄関へ消えた。この頃は玄関をあがった一畳とわずかな板敷きに蒲団を敷いて敏夫さんは寝ていた。信子と私と妻が座敷、稔と敏夫さんが茶の間だったのが、一人の方が気が楽だからと、今年に入ってから、そのようなことになった。襖一枚で私たち夫婦が寝ていることを気遣ってくれたのか、本当に一人でいたいのか、その辺は、よく分からなかった。

その翌々日、深川の公園で、ひとりで芋を食べていると、いつの間にか、小さな皺だらけの老人が、ゲートルを巻き、いたんだ大きすぎるオーバーを着て、ややはなれて私を見ていた。

目が合うと、そうじゃないんだ、というように苦笑して手を振り、

「欲しくて見てんじゃないよ」と案外きびきびした口調でいった。

「はあ」

私も別に、そうは思っていない、という笑顔を向けると、

「冷えるねえ、この冬は」とベンチに腰をおろしに来た。私が腰をずらすと、「三月十日に、このあたりは」といいながら尻をつき出すようにして腰掛け、「大変な空襲がきてやられちまうって、バカたちが騒いでいるが」というのだ。

喜びが胸を走った。

「そうですか――」

「金魚を拝んでると爆弾がよけて落ちるとか、朝飯をらっきょうだけですますと、弾丸に当らないとか――バカってェのは、始末におえないよ」

「しかし、三月十日っていうのは――私も聞きましたが、相当確実な噂だとかってことじゃありませんか？」

「なにあんた占いだよ。こういう時に、下らねえ予想を立てて金を儲ける奴が、きっといるんだよ。また、そういうのに、伺いを立てに行くバカヤロウが、いくらでもいるんだから、日本もあんたしまいだよ」

「いや、その人は、お金をとったりしないそうですよ。なにか――四日の雪と六日の雨も予想してて」

「気象台じゃああるめえし」

「もし天気が当ったら、十日はきっとこのへんから逃げてくれって、損得抜きで、その人は――」

「あんたも、そのくちかい？」

「そのくちって――？」

「顔に似合わず、そういうのを信じる手合いかい？」

「めったなことでは信じませんが――」

「いやだいやだ」老人は、もうたくさんだというように首を振り、

「おう、いやだ。いやでございますねえ」とそっぽを向いた。

私の報告に、敏夫さんも妻もみるみる笑顔になって喜んだ。

「そりゃいい」「早いわ」

「その年寄りのように、占いってことで、かえって信じない人もいるだろうけど、もともと論理的な説明が出来ることじゃないんだから」と私がいうと、

「そうだよ。占いだからこそ信じる連中の方が多いのよ。これがあんた帝大の先生がいい出したっていったら、どういう根拠かとか、みんな裏付けをどうしたって求めちまう。占いだからいいんだよ」と敏夫さんは、自分の着想を、それとなく弁護した。

その敏夫さんと二人で下町へ出かけたのは次の火曜日だった。ようやく敏夫さんに休みがとれたのである。すでに私ひとりで三百五十枚ほどのビラを配っていた。

「感触を味わいたいね」

地下鉄の中で、雷門へ着くのを待ち切れないように敏夫さんは、そういった。新聞をひらく。

「本土決戦に成算あり。我に数倍の兵力、鉄量――敵上陸せば撃砕。――一挙に戦勢を転換せん」

「ひでェことをいってるねえ。笑うに笑えないよ」

敏夫さんは眉を下げて、ふざけて泣くような目をした。混雑していたら、いえるこ

とではなかった。すいていた。地下鉄は気味の悪いほど、まばらにしか客がいなかった。

昼飯は食堂で食べようと、外食券を持って出たが、やっと営業をしている店を見つけると、きまって長い行列だった。

「いいんだけどね」と敏夫さんは、その灰色の行列に閉口したように溜息をついた。

「並んでりゃあ、いろいろ様子も分るんだけど――」

「じゃあ並ぼう」と私がいって、厩橋《うまやばし》に近い三河軒という洋食屋の前の列についた。

しかし、中で洋食が出るわけではなく、丼一杯の雑炊だけがメニューだった。

すぐ前に五十代の男が二人で並んでいて、棺桶を手に入れるのも今は大変らしいという話をしている。闇で買っておくか、といって笑っている。深川で黒いごろごろした死体の列を見た目には、自分の死を棺桶や家族のしてくれる葬儀と結びつけて話す二人が、呑気《のんき》に見えた。

「つかぬことを伺いますがね――」

敏夫さんが、その二人に声をかけた。声をひそめるという感じだったので、二人は急に表情を消して敏夫さんを見た。

「三月十日の噂を聞いていますか？」

二人の男は一瞬顔を見合せ、片方が「ええ――聞いてます、よ」と用心深くうなずいた。流言蜚語に動かされるな、とラジオも回覧板もよくいさめている。何者かとも分らない相手に、めったな返事は出来ないという顔だった。

「どういうことを聞いていますか？」

敏夫さんは、声をひそめる。聞き方に調査でもしているような堅さがあるので、まともに相手が返事をするわけがない。私は横から柔らげるようなことをいいたくなったが、敏夫さんはすぐ、「大空襲がある、ということですか？」とたたみかけるように聞いた。

「ええ、そう」

男は、なんとか礼を失せずに打ち切れないものか、という気持を眉のあたりに見せてうなずいた。

「広がってるね」

敏夫さんは、私を見た。なにか芝居をしているのだが、打合せなしにはじめられては合せようがない。

「うむ」と曖昧にうなずくと、もう敏夫さんは男の方を見ていて、

「信じていますか?」という。

「いえいえ——」

男は連れと顔を短く合せて、当惑したように苦笑した。

「いや、これについては」と敏夫さんは相変らず声をひそめて、「当局も態度に困ってましてね」

「はあ」

やっぱり相手は役人らしいという目で男二人はうなずく。

「占いの片棒をかつぐわけにもいかないが、情報局からまったく別途に、十日に米軍は下町を大空襲する計画の模様という報告を得ている」

「そうですか」

男二人は、はじめてひきこまれた顔になった。背後にもいつの間にか並ぶ人がいて、耳をそばだてているのが分る。

「避難命令を出そうかという矢先に、民間にそんな噂が流れているという。しかし、それは占い師の言として流れている。困った。避難命令を出すと、いかにも当局が流言蜚語に動揺したように見える。それに、公式な避難命令を出すと、米軍に傍受されて、日をかえられる怖れもある」

「なるほど――」

それから、私はギクンとした。突然頬に、私たちを監視している目を感じた。

「なら、いっそ、その噂を、噂のまま当局の人員をつかって広めてしまっては、どうか？」

私たちを監視していた男が、ゆっくり足を前に出すのが分る。背後に三人の兵士を従えていた。将校だった。あの、洗濯屋としか思えない将校だった。私は、顔をそむけたまま、

「敏夫さん――」と小さくいって、するすると列をはなれた。

「おい、待て」

将校の声がした。

走った。

「待てッ！　止まれッ！」

背後で靴音が乱れる。その靴音をひきはなすように、夢中で走った。

数人の追って来る靴音がある。声はない。

敏夫さんは、どうしたか？

横丁へとび込み、すぐ路地を曲り、行きどまりではないことを瞬時に願いながら走

って、別の横丁へとび出し、またやみくもに別の路地へ飛びこみ、さらに別の道を求めて走った。

夜の九時すぎになって、敏夫さんは荻窪の家へ帰って来た。私は逃げきって、その足で帰って来てしまったので、四時には家にいて、それからずっと、敏夫さんが捕まったのではないか、と気をもんでいた。「ただいま」という平静な声を聞くと、ほっとするより腹が立った。

「どうしたの?」

「逃げたよ。ふっとんで逃げた」

「それから?」

「日本橋とかね、あっちこっち、ビラ配って、人と話して」

「今まで?」

「そう。休みの日、もったいないからね」

「ぼくが捕まったとは思ってくれなかったわけか」

「奴ら、あそこへ戻って来て、人に聞いたりしてウロウロしてたからね」

「あそこへ戻ったわけ?」

「心配したわけよ」

「でも――」と妻は、敏夫さんの夕飯を出しながら、私にはすでに聞いたことをくりかえした。「どうして、あの将校があんなところまで――」

敏夫さんも私と同じようにしか答えられなかった。

「分らないなあ」

「ずっと、まさか私たちをさがしていたわけじゃあないでしょう？」

「分らないなあ」

私もそうくりかえしたのだった。しかし、妙な感じ方かもしれないが、私にはあの将校が唯一の希みの綱のように思う気持があるのだった。

戦時中の世界へひき戻されてからの私は、時折激しく、これが「夢」だったり「錯覚」だったり「罠」だったり「仕掛け」だったりしたら、どんなにいいかと願ったが、その願いはいつも、細密な現実感や途方もなく大きな規模の現実の進行によって、否定され続けて来たのだった。しかし、あの将校だけは、どこか非現実の匂いがあり、救いを感じさせるのだった。もっとも、愛想のいい、無害のシンボルのような洗濯屋が、時代の変化によってあのように威丈高な男に変貌してしまったと考えると、それはそれでなまなましい恐怖を感じさせもしたが、一九八〇年代の人間が、ことによると私たちだけではないと思えば思えるところが、戦争中の日々のやりきれなさを、わずかに破るもののように思えるのだった。

「予想以上に噂はひろがってるね」と敏夫さんは飯を食べながらいった。

「そう」

「そうですか」

私と妻は、なにか切り出すような敏夫さんのいい方に、次の言葉を待った。

「銭湯にも入ってね。それとなく聞くと、ま、聞いたのは二人ばかりだけど、二人とも知ってる」

「うん——」

「避難するかときくと、大変だからねえ、という。空襲になってからでもおそくないんじゃないの、なんていう。家にいれば消せるかもしれない火事を、いなけりゃムザムザ燃やしちまう。子供は集団疎開でいないし、持ち出すものは、とっくに決めてあるし、どうにもならなくなりゃあ逃げるが、あらかじめ前の日に逃げるなんてことは、誰もしないんじゃないの、という」

「誰も?」

「隣組でいざというときは協力して消火するという義務もある。自分ばっかかり、占いがいっているからってさっさと逃げ出すわけにもいかないんだよって――」

「しかし、予言通り四日が雪だったら、どうだろう」と私がいうと、

「六日も、ちゃんと雨だったら」と妻もいう。「やっぱり本当かもしれないって、パニックってほどじゃなくても、先を争って避難するってことにならないかしら？」

「冬だから雪はどうせ降るよっていう」

「でも三月だし、半月も前からそういってるんだし」

「これがたとえば山本五十六が戦死するとか、そういう予言なら別だけど、天気じゃあね」

「そういう予言は出来ないかしら？　三月十日までに、なにかない？」

「ない。ずいぶんさがしたんだ」

「もっと本を持ってくればよかったわ」

私が何度も悔んだことだった。しかし、ともあれ何冊かの戦争の記録を持って来たからこそ、天気についてにせよ、予言が出来たのだった。

「やっぱり三月十日に死ぬ人は死ぬのね。いまさら私たちが歴史を変えようもないのよ。なるようにしかならないんだわ」

しかし、歴史はすでに変っているのだった。昭和二十年の世界に、私たちがいると

いうことが、もうすでに歴史を変えている。私たちが昭和二十年の空間を占め、仕事を持ち、周囲の人々と話をしたり、気まずくなったりしているということは、小さなことにはちがいないが、元来の昭和二十年には決してなかったことなのだ。私たちの力で、兵器が少しばかり増産されたり、誰かの機嫌が直ったりしているならば、その延長線上で、かつて死んだ人を、いまの昭和二十年で、私たちの力で救けることが出来るはずなのだった。

「諦めるのは早い。なにか出来るはずだ」

「そうかしら？　みんな、結局死ぬことをたいして怖がっていないのよ。むしろ、周囲と別のことをして、なにかいわれたりすることの方が嫌なのよ」

妻は、もうどうでもいいような声を出した。

「バカに簡単に諦めるじゃないか」

「だってもう――こうやって生きていくだけだって」と妻は台所へでも行こうとしたのか立上りかけて、ウッと苦痛の声を上げ、這うようなかたちで動かなくなった。

「どうした？」

「奥さん――」

「腰が――」腰が痛い、と声を出すだけでも痛そうだった。

「そりゃいけない」

「ギックリ腰だ」

敏夫さんと私が立上ろうとすると、

「そっとよ。傍で――動く、だけ、で、痛い」

隣の部屋にいた信子と稔が襖を開けた。

「いいか――とにかく――横になれ」

どう助けていいか分らず、二人の男は両側から、それこそ腫れものにでも触わるように妻を助けた。

「昨日――」と背後で信子の声がした。「防空演習で、熱度が足りないって、群長にずいぶんしごかれたのよ」

「ほんとか？」

そんなことは一言も妻はいわなかった。妙なところで「昔の妻」みたいなところがあるのだ。

「お父さんが」と信子がいった。「いい気持で効果のないことをやってないで、たまには防空演習とか常会とか、代ってあげればいいのよ」それから急に泣くような声になり、「こんな戦争、こんな戦争って――そんなことばかりいって」と襖を強く閉めた。

「こんな戦争には、ちがいないだろう」

「大きな声、出さないで――」と妻があえぐようにいった。

「さあ、このまま横になって」と敏夫さんが妻をささえて横にしようとしている。私は、頭が空白になったように、それをぼんやり見下ろしていた。

「いい気持で――効果のないことを――」

信子の泣く声が聞える。襖を開けた。

机に伏せて泣いている信子の傍に、稔が立っていて振りかえった。

私は信子にいった。

「お父さんは――いい気持になってはいないし、効果のないこともしていない。効果はある」

襖を閉めた。信子が、そんな目で私を見ていたことは、衝撃だった。

そして四日に雪が降り、六日に雨が降った。

しかし、下町の人々に動く気配はなく、むしろそんな噂を粉砕して、国土を防衛することこそ臣民のつとめだというような回覧板が回されて、お互いが牽制《けんせい》せざるを得なくなり、かりに誰かが避難しようとしても、それは相当の勇気を要することになってしまっていた。

私は焦った。自分の流した噂がかえって建前を補強し、人々を動けなくしてしまったと考えるのは、辛かった。

書いたビラは、すでに八百枚全部をとうに配ってしまい、私はなすすべもなく、毎日下町へ通った。

妻は寝たきりであり、信子は口をきかず、稔は無表情であった。

敏夫さんは、とにかく多少の収入でもなければ仕様がないから、と工場へ通っている。「いいこと思いついたら、いつでも休むけど、方法もなしに、これ以上二人で下町へ行っても意味ないし」と半ばさじを投げた口調だった。「天は、みずから助けるものを助けるんでね」

私は食事をつくり、妻の世話を稔にいい含め、信子にも昼は郵便局から帰って食べるようにといっては下町へ出掛けた。帰っても家族は私に口をきかなかった。自分が道楽者で、家族を泣かせているような気がした。

下町を歩き、おりを見つけてはだれかれかまわず三月十日のことを持ち出した。みんなの反応は、ほとんど同じになっていた。「そのときはそのときだ」といったり、

「行くとこなんか、ありゃあしないよ」と苦笑したり、「どこへ行ったって生き死には運なんでねえ」といって、ともかく十日のために動くという人はいなかった。

ときにはたまりかねて「しかし三月十日の空襲は、ほんとうにあるんですよ」としつこくいい、「あんたか？　くだらない噂を流しているのは」と胸座《むなぐら》をつかまれたり、一度は警察へつき出してやると、なんと三人の中年婦人につかまってひきずられたこともあった。空腹で、痩せて、安々とひきずられる自分が情けなく、暴れに暴れてようやく逃げのびた。

たしかに、自分がみんなの立場だとしても、そんな噂では動かないかもしれなかった。ノストラダムスの大予言が、日本は沈没するといっていると聞いても馬鹿馬鹿しいような気がしただけだったし、石油がなくなる、食糧がなくなる、とデータを見せられても深刻にならなかったし、原水爆についても第三次大戦についても、どうせあるだろうけど「そのときはそのときだ」と思っていたし、むしろ生真面目にそんなことを心配している人は現実離れした人のような気がしていたものだし、人のことはいえなかった。そして、無力のまま九日の朝が来てしまったのだった。

空襲は、感覚としては九日の夜である。正確には夜零時すぎ——つまり十日ということだが——零時すぎから三時半頃までである。「三月十日の大空襲」という記録の常套句に支配され十日、十日といい続けて来たが、近づくにつれ「九日の夜」というべきだったのではないか、とそんなことでも自分が間が抜けていたように思われ、無力感で朝起き出すのも、ずいぶん自分を励まさなければならなかった。

六時前に台所の外で七輪に火をおこしていると、中から敏夫さんが小さく私を呼んだ。

「え？」と煙《けむ》い目でその方を見ると、寝間着の敏夫さんが立っていて、

「今日は会社、休むよ」といった。

「いいの？」

「いいよ。急に熱を出したっていやあ、一日ぐらいは、どうにでもなるから」

「そう」

嬉しかった。最後の一日ぐらい、敏夫さんが同調してくれてもいいじゃないかと思っていたのだ。

「別にいい知恵が浮かんだわけじゃないんだけどね」と上《あが》り框《かまち》近くに腰をおろして、敏夫さんは煙草を出した。

「先のことを考えたんだよ」

「うん？」

「今日——二人で行って、どこでもいいから、人の多いところで、大声で怒鳴るんだ。明日は大空襲がありますって」

「そんなことで——」

「むろんそんなことで、信子ちゃんじゃないけど、効果はない。殴られるかもしれない」

「そう思うな」

「怒鳴ったら、すぐ逃げる。そして他のところで、また怒鳴る」

「うん」

「みんなの頭に少しは残る。そして、今夜から明日にかけて、大空襲がある」

「そうか——」

意図が分りかけて来た。

「十日の次の大空襲は、四月十三日の明治神宮や荒川、板橋がやられたやつだ」

「その前の日に、また怒鳴る」

「そう。そうやって怒鳴って行く。そのうち、予言が当ることに驚く人が」

「出てくる」

「四月十五日の蒲田、大森、世田谷なんかのを、また前の日に怒鳴る」

私は立上った。

「いいね。そりゃあ効果がある。その頃になれば、いうとおりにする人が、百人や二百人はきっと出て来る」

三月十日に目標をしぼりすぎていたのだ。どうして、そのことに気がつかなかったのだろう。敗戦までにかりに二百人いや百人しか助からなかったとしても、信子はもう私を非難できないだろう。


九時少し前に、浅草の観音さま（――というように子供の頃から二人とも呼んでいたので他のいい方がしにくいのだが）つまり金龍山浅草寺《きんりゅうさんせんそうじ》の境内からはじめた。

境内はあまり人がいるとはいえなかったが、一日捕まったりしないで終るように、なんとなく縁起をかついだのだった。

まず私が叫んだ。せめて、そのくらいはしなければ、面目が立たない思いがあった。

「明日の明方、このあたりに大空襲があります」

いや、今日といった方がいい。

「今日の夜、十二時すぎに、大空襲があります」

怒鳴る声の意味が分らぬ顔で立止る人がいた。

「今夜十二時すぎから、このあたりは大空襲ですッ」と敏夫さんが怒鳴る。

「十日の早朝に大空襲があります」

「下町から逃げて下さい」

「避難して下さい」

出来たら、どこが安全か正確にいいたかったが、上野公園が大丈夫だったという他は、持っている本に、くわしい記録がない。上野公園といいすぎれば、上野へ人が殺到して、そのための死者が出るかもしれない。

「京浜西北方、あるいは西南方へ避難して下さい」

これは歯がゆかった。しかし、その夜の空襲では、下町だけではなく六本木などもやられているのだ。山の手へ逃げろ、と簡単にはいえなかった。本の記録通りにいう他はない。

「下町から、はなれて下さい」

「出来たら、川崎、八王子あたりへ逃げて下さいッ」

仲見世を警官がひとり血相を変えて走って来た。

「来た」

「来たね」

二人で、隅田川方向へ走った。

「止れッ、止らんかッ、止れッ」

むろん、止るわけがなかった。

次は、なかば走りながら東武電車の浅草駅のある松屋デパートの前で叫び、ここは追いかけてくる人もなく、駒形橋まで急ぎ、橋の近くで一声ずつ怒鳴り、すぐ逃げようとしたが、誰も追いかけて来ない。どうやら、私たちは急ぎすぎていて、通行人には、私たちがなにをいっているのかが、よく分らない様子なのだった。これでは意味がない。

「もっと落着こう」といいながら蔵前方向へ歩き、

「誰かが怒り出すまでやろう。交替で怒鳴ろう」と打合せをして、蔵前では、四、五人の警防団に追われた。

私は鳶口《とびくち》を背中にぶつけられたが、なんとか逃げおおせて、橋を渡った。

対岸は本所ではじめ、下流へ歩いて、昼少し前に両国までたどりついた。疲れているはずだが、少しも感じない。

「駅でやろう」

敏夫さんが高揚した声でいい、私も異議はなかった。両国駅の構内へ入ると、さすがに人が多く、しかし私たちのたかぶりを冷やすように、人々は暗く、興奮から遠かった。

ことによるとこの人たちの大半が、明日の朝には生きていないのかもしれないと思い、自分にはもっと方法があったのではないかという感傷がこみ上げてきたが、いまさらどうにもならなかった。

「みなさんッ」と敏夫さんが叫んだ。

「今夜から明日にかけ、このあたりは大空襲となります」

「空襲の中心は、深川区、本所区、浅草区、日本橋区です」

「出来るだけ、この四区の外へ避難して下さい」

「今夜から明日にかけ、下町の四区、深川区、本所区――」

とびかかるように一人の男が、敏夫さんの頭を殴った。はっとしたとき、別の男に私も後ろから襟首をつかまれて、ひき倒されそうになった。

敏夫さんに、三人ほどが殴りかかるのが見え、私は足を誰かに蹴られて横倒しにコンクリートにころがった。素早く脇腹を誰かが蹴り上げる。息が出来なく、口を夢中で大きくあけた。

男たちの怒号があびせられていたが、意味は分らない。ただ次々と蹴りかかる足を逃がれて立上ろうとした。

敏夫さんが叫んでいた。

「今日から、明日にかけ――」

殴られる。私も叫んだ。声が出たかどうかは分らない。

「このあたりは、大空襲ですッ」

むろん私たちに、安手なヒロイズムがなかったとはいえない。むしろ、そうしたものを求めていたかもしれない。

老年の駅員が三人ほどで、私たちを救ってくれ、事務所に入れてくれた。ガラス戸越しに、なお怒りをぶつける男たちを一人がなだめ、別の一人は「頭どうかしたか？」と私たちを叱った。

「殴られて当り前だ。バカなことをでかい声で」

鼻血を止め、詫びをいって駅を出て、私は安手なヒロイズムでも自己満足でも、ともあれカンフルを求めた。家へ帰りたかった。四十代の手持ちのエネルギーでは、早くも家へたどりつくだけで精一杯なのだった。しかし、最後の日に、それでは情けない。私は、気持をかき立て、安手なカンフルに身をゆだね、

「次は、日本橋で、やろうか？」といった。

「行こう」と敏夫さんは即座にいった。

それから二人はぐいぐい日本橋に向ったのだが、傍目《はため》には、あるいはやっと足をひきずっていただけかも分らない。日本橋まで、とても時間がかかった。

荻窪の駅まで戻ったのは、六時すぎだった。もう夜になっていた。駅の外へ出た時は、ようやく水面に顔を出したという思いだった。空気がうまかった。駅前に立って、二人で、大きく息をついた。一九八〇年代の荻窪駅前では、かりに似たような経緯のあとでも、大きく息をついて、空気をうまいなどとは感じないだろう。昭和二十年の空気は、うまかった。どんな時代でも取り得はあるものだ。

ところが、駅前を二、三歩歩き出したところで、

「おい、そこの二人」と警官に呼びとめられた。逃げたかったが、緊張がゆるんでいたので、咄嗟《とっさ》に身体が動かない。敏夫さんも止まっただけだ。

「どうした？　その様《ざま》は」

咎める口調ではなかった。近づいて来る警官は、制帽の下に人の好い五十がらみの顔を見せていて、私はほっとして足がなえるような気がした。

「ちょっとね――」

敏夫さんも、いつものすらすらした口調はなく、おもねるような、苦笑するような声を出した。

「喧嘩か？」

「いえ」と私がいった。「いきなり四、五人に殴られて――弁当をとられて」

「弁当を――」

「はい。逆《さから》ったもんで、殴られて」

「ひどいのがおるなあ」

「はい」

「大丈夫か？」

「大丈夫です。ご苦労さまです」

「ご苦労さまです」

敏夫さんも軍隊式の一礼をした。

「うむ」

自分がひどい姿なのは、敏夫さんを見れば分った。左目のまわりがあざになり、下唇が大きく腫れた敏夫さんは、汚れた服のボタンが二個とれ、左足をひきずっていた。

私も同じ左足をひきずっている。

一緒に歩くと、ふざけているようで、せめて右足ならよかったのに、と思った。

日本橋では、ずいぶん人が集まった。

大声が出なくて、二人ではっきりしないことをいっているのが、かえって人をひきつけたのか（ひどい姿のせいかもしれないが）一人止まり二人止まり、京橋寄りの橋のたもとに次第に人が集まり、二人で空襲のあるのは、下町の四区だ、と四区の名前をくりかえした。

人々の反応は、予期に反した。

なぜそんな予言が出来るのか？　とか、いったいお前たちは何者か？　という当然出そうな質問も一向に出ず、みんなしばらく立止って聞いていると、また黙って立去るのだった。嘲笑するような笑みを浮べているものもいるにはいたが、多くは不審な物質でも見るように立止り、それがけっきょくは、ただの石ころであったことを、ほとんど感情が波立つことなく知覚して立去って行くというふうだった。

ロボットに向ってしゃべっている感じで、なんとかしなければと思っていると、警防団員らしい服装の中年の男たちが三人、人をかき分けて現われ、その中の一人が、「さあもういいだろう。お巡りにでも見つかるとろくなことはないぞ」といった。いい方は、頭がおかしくなった人間をなだめるような感じで、怒ってはいないのだった。

「私たちは、どうかしているというように見えるかもしれないけれど」と私がいいかかると、「いいからいいから」と腕を摑んで、ひっぱろうとする。別の一人が聴衆に向って、

「散って下さい。なんでもないんだから」と手を振る。

敏夫さんは押されながら、

「あることないことじゃあない。あること、これから本当に起ることしかいっていない」ともう一人の男に抗弁している。

三人は、公衆便所の裏手へ私たちを連れて行くと、とたんに殴り出し、私たちはあまり抵抗する力がなく、倒れこんで肩で息をしていると、

「殴りたかないが、ほっときゃあお前たち、もっとひどい目にあうからな」と恩情でもかけたようなことをいって立去って行った。

「今度は――どこで――やろうか？」

敏夫さんは、彼らを見送りながらすぐ荒い息でいったが、私は返事が出来なかった。

もういちど殴られるエネルギーはなかった。聴衆がのっぺらぼうのようでなければ、それでももう少し力が湧いたかもしれないが、あんなに無反応では、これ以上殴られる気力はない、という気がした。黙って両手をついて、やっと立上った。

地下鉄の日本橋駅のほうへ歩きはじめる。敏夫さんもついて来た。

もう帰ろう、というのは意気地のない気がして、しばらく足をひきずって黙って歩いた。それから、

「少し――」と後ろへいって振りかえると、「うん？」とやや離れて敏夫さんが立止る。ひどい顔、ひどい姿だった。指先で突けば倒れてしまいそうだ。

「少し――体勢をととのえて、休んで、せっかくここまでいれこんだんだから、上野で時間つぶして、今日の空襲、見届けましょうか？」

「うん――」

「怒鳴るのは、もういいでしょう。少くとも五十人やそこらの人の記憶には残った」

「だったら、もう帰ろうよ」

敏夫さんが、そういってくれた。ほっとした。「この様《ざま》で、空襲に巻き込まれたら、死んじまうよ」

「ああ――それもそうだなあ」

だから家へ帰ったら、真夜中の空襲まで、バタリと倒れこんで眠りたかった。しかし、家には新也くんが、待っていたのだった。

第十章　反乱と空襲

新也くんは、座敷で床の間を背にして正座していた。痩せて頬がこけ、国防服は大きめで、いかにも布地の悪いものだったが、背筋をのばして私たちを迎える目は、見違えるほど力があった。

「しばらくです」

敏夫さんと私が入って行くと、キリリとそういって一礼した。

「しばらくじゃないよ。どこ行ってたんだよ」と敏夫さんは思いがけなくもう鼻声になって、新也くんの前に立った。

「出て行くなら行くって紙ィ書いておいてくとかしたらいいだろう。スーッといなくなって、こっちは引越すし、連絡とりようもないし――」

「坐ろうよ」

私がそういうと、敏夫さんははじめて立ったままなことに気がついたように「ああ」といって腰をおろし、

「どこへ行ってたんだよう」とまた泣くような声でいった。

目と鼻の先にいたのだった。

前にはピアノ工場だったところで、飛行機の翼をつくっているといった。班長の使いで、この近くまで書類を届けに来て、ついでに私用で葉書を買おうと郵便局へ入った。そこに信子がいた。

「よくまあそんな、おまえ、そういうところへはいりこめたなあ」

工場長に使ってくれ、と頼んだという。父親は戦死して母親も病死して、一人きりで転々として本籍とかもよく分らなくて、というと、問題は国のために生命を賭して働く気があるかどうかだ、と机を叩いたという。

「戦死かよ？　俺は――」

しかし敏夫さんは、少し落着いてきて、新也くんのそんな生きていく上での工夫を、そんなに悪くないと思っているようだった。

「変ったなあ、お前」

「はい」

新也くんは、すぐ自分でも認めて「ずっといいです」といった。言葉づかいが、ころっとよくなっていて、それを少しも照れずに使うところは、まだ子供なんだなあ、影響を受けやすいんだなあ、とほほえましいような気持でいると、

「みんな御国のために死ぬ気で働いています」と大声でいった。

「うん？」

敏夫さんも、少しドキリとしたようだった。

「誰ひとり日本が敗けるなんて思っているものはいません」

「ああ」と敏夫さんは、当惑したようにうなずいて「そりゃまあ、そうだったよ」

「学校の成績が悪いからといって、クズみたいにいう奴は、一人もいません。腰が決まらない教師もいません。みんなビシリとしていて、本気で日本のために死ぬ気です。ぼくはもう一月、二月と、連続月間増産表彰を受けて、誰にも負けません。学校の成績なんて、どんなに役に立たないもんかよく分ったし、工場じゃ本当に力のあるもんが、認められてるし、ヒョロヒョロして、理屈いうような奴は、ぶん殴られてますよッ」

新也くんは上気した顔で、叫ぶようにいった。こめかみと首に血管を浮せている。

「そうか――」

敏夫さんは、どう返事をしていいか分らない様子で、「そりゃあずいぶんしっかりした工場なんだなあ。そういう工場もあるんだなあ」というと、

「みんな、そうじゃないですか？」と新也くんは大声でいう。

「そうかなあ――」

敏夫さんの工場にも私の工場にも、ずいぶんひどい工員がいたりするので、とにかく新也くんの工場は、特別に真剣らしいと思うのだが、

「お父さんたちは、まだつまらないことをいっているそうですねッ」という。

「え？」

「国が亡びるかどうか、というときに、真剣に戦わない人間なんて、親でもぼくは許せませんねッ」

「しかし、戦争はけっきょく敗けるんだし――」

「結果は問題じゃありませんよッ」と新也くんは父親を叱りつけるようにいった。

「問題は日本人が心を一つにして戦っているときに、こんな戦争なんて、といって、背を向けている人間がいていいかどうかということですッ」

「いいかい。日本人はな、今年の秋には、みんな、この戦争が間違っていたっていっせいに思うようになるんだ」

「そういうことは関係ないでしょう」

「そうかな」

「どうですか、おじさん」新也くんは急に私を見て、「国を守るために、喜んで死んで行く人間を、おじさんは笑えますか？」とつめよるようにいった。

私は慌てて、弁解するように、

「むろん、笑えないけど――」

「笑えませんよ。つまらない戦争のために生命を無駄にしたバカものだなんて、誰にもいわせませんよッ」

「どうした？」敏夫さんは、途方にくれたような声を出す。

「どうしたとは、なんですか？　お父さんは、なにをしてるんだ。会社を勝手に休んで、こんな戦争で死ぬことはないって、いい歩きに行ってるそうじゃあないですかッ」

「こんな戦争で、とはいわないが」

「いってるわ」と信子が茶の間でいった。「いったわ。こんな戦争って」

「信子――」

私がいさめると、

「私もたまらないわ。米国とみんな一生懸命戦ってるのよ。それをどんなわけがあったって、馬鹿にしたように見てるなんて、たまらないわ」

「馬鹿にしてはいない」

「だったら、真剣に工場へ行ったらいいじゃない。米軍は、どんどん日本人を殺してるのよ。無差別に爆弾を落して、赤ん坊だろうと、年寄りだろうと、どんどん殺してるのよッ」

「信子ちゃん――」

妻が呆然としたようにいう。

「稔だっていってるわ。うちへとじこめて、戦争の悪口ばっかり聞かせて――こんなのたまらないっていってるわ。集団疎開でもなんでもいって、立派に、みんなと同じに、義務を果したい、といってるわ」

新也くんも叫ぶ。

「日本人を殺してる敵を、憎いとは思わないんですかッ。いったいどういう神経をしてるんだ。工場休んで、ふらふらほっつき歩いて」

「ふらふらとはなんだ」

敏夫さんは青ざめて、そういった。

「ふらふらじゃないか。この非常時に、酔っぱらって、喧嘩でもしたのかッ?」

た。

「この野郎——」

敏夫さんは、新也くんに殴りかかったが、たちまちその腕をつかまれ、「みっともないよ、お父さん」と強く肩を突かれて、痛みにうずくまった。

「新也くん——」私は声が震えた。「酔っぱらっていたなんて、とんでもないことだよ。それは、信子だって、よく分ってるはずじゃないか」どうしてそれを新也くんに話さなかったのか、と信子を見ると、信子はひるまずに、私を見返した。

「とにかく、たまらないの。なにもかも分ってるような顔をして、日本人がいくら殺されても、日本より米国の方が正しいようなことをいって、ちっとも米国を怒らないのがたまらないの」

稔が突然泣き出した。

「稔ちゃん」と妻が、気をしずめさせるように稔の肩に触れようとすると、「いやだッ」と肩をふるわせて、泣き声をあげ、「誰だって、やられりゃやるよ。ぼくだって、みんな一緒に戦いたいよ」といった意味のことを不明瞭に叫び続ける。

サイレンが鳴りはじめた。

いきなり空襲警報だ。四秒きざみのあえぎのような吹鳴音《すいめいおん》があたりをおおい、六人は絶句し、動きを止めた。「そんなはずはない」と私はいった。「今日は空襲は、夜中までないはずだ」

「そうはいかないわよ」と信子が叫んだ。「私たちは、昔話をくりかえしてるんじゃないのよ。生きてるのよ、この時代を」

「信子――」

こんな子供の反乱に、どう応えようがあるだろう。私には、ほとんど無茶苦茶な怒りに思えるのだが――。

「退避、退避ですよ、奥さん」と二階の老人が階段の途中から声をかける。

「はい」

妻は、まだ腰をいたわって両手をついて立上ろうとする。

「信子さん」と新也くんがいいながら立上る。「灯りを消して」

「はい」と信子がこたえて、茶の間の灯りを消す。新也くんは、座敷の灯りを隠す黒布をおろした。あの落ちこぼれの高校生が、なんという変りようだろう。敏夫さんも呆然としたように新也くんを見つめている。

プロペラの轟音が聞えはじめる。B29だった。そんなはずはない。まだ七時前だ。こんな時間に来るはずがない。

「みんな靴を履いて、急いで外へ出て下さい」と新也くんがいう。

「ここの灯りも消します」

迷いもなく、みんなを導くものの口調だった。みんな、慌てて玄関へ急いだ。ズンと地面が揺れた。爆弾がはなれて落ちた音だ。ドサッドサッと屋根に砂袋でも落ちる音がする。

「焼夷弾だ」

表へ出ると、四、五軒先から火の手が上っている。

「そんなはずはない。荻窪が今日やられるはずがない」

私は、理不尽な時の進行に、怒りにかられた。

「急いでッ」と新也くんが叫ぶ、「こっちですッ、こっち」

有無をいわせぬ感じで、私や妻や敏夫さんの腕を引き背中を押して、駅とは反対の
方向へ行かせようとする。

「走るッ、走るッ」

走れ、というのを、軍隊式にそんなふうにいい、新也くんは走りはじめた。私たち
も思わず、あとを追う。火の手が、あっちからもこっちからも上りはじめる。青い炎
が、いきなり道路に無数に立ちのぼった。焼夷弾の発火時の炎だった。明るかった。

青い火の中を走りながら、私は「あーッ」というような叫び声をあげていた。なにも

のかへの抗議だ。こんなバカなことがあるわけがない。今夜は下町じゃないか。だいいち、新也くんはなぜ先頭に立って逃げるんだ。そんなに国のためを思うなら、とどまって消火にあたるべきじゃあないのか？

　見る見る周囲は火の海だった。電柱が火の柱になり、何本も何本も燃え上りながら私の両脇をとび去って行く。

　それから急に暗闇になった。

「待つように」と新也くんの声がいった。「ここで待つように」と私は腕をひっぱられて、コンクリートの壁に押しつけられた。「いいですか、みなさん、ここを動かないように」

　新也くんの声が、わずかに反響する。軍かなにかの退避壕か？

「わかった」と私がいうと、

「お前はどこへ行く？」と敏夫さんの声がした。

「消火ですッ」

　その声が、もう走り出していた。

「やめろッ。あんな火を消せるわけがないッ」

　敏夫さんが怒鳴ったとき、地面がもち上った。爆弾だ。私は、爆発音も地の揺れも、ほうり上げられる私も、すべて緩慢に感じられ「ああ、死ぬのだ」と納得した。次の瞬間には、地面に叩きつけられ、首を折るだろう。空中で、自分の手足が、ゴム人形のように、バラバラに振れているのが分った。落ちる。落ちる。落ちる。

終章　終りに見た街

　しかし、落ちた感覚のないまま土の匂いを嗅いだ。土に頰を押しつけている。目をあけると視野に瓦礫ばかりが見えた。日が射していた。「昼になっている」と鈍い頭で思った。

　静かだった。異様に静かだといってもいい。まるで、なにもかもが死に絶えたようなーー。

　次第に意識がはっきりしてくると、突然すくむように背筋に冷気が走った。聞えないのか？　鼓膜が破れたのか？　あまりに静かすぎる。

　目前に小さなコンクリートの破片があった。これをちょっと突いてみればいい。

　しかし、しばらく動かずにいた。手がどうなっているか、はっきりしない。ゆっくり、右手に神経を集中するように努める。それから、その手を動かそうと身じろぎをすると、急に自分のつく息と、服が土を摩《す》る音が、おどろくほど大きく聞えた。それまで、息をひそめていたのだった。ほっとした。耳ではない。「つまり、おそろしく静かなわけだ」

頬を土からひきはなすようにして顔を上げると、首に激痛が走った。また伏せてしまう。

左肩が痛い。いや、左腕もだ。気がつくと痛みは、刻々に増して耐えがたいほどになって行く。激痛を怖れながら、低く首をめぐらして、左肩を見た。腕がなかった。ちぎったように肩から先の服も腕もない。しかし、その角度からでは、傷口は見えず、ただ肩の下の土に黒く血液が染みひろがっているのが見えた。血は光っていた。おそらくいまも血は流れ続けているのだろう。意識が薄れるような気がした。薄れればいい。薄れれば、痛みも遠ざかる。ぼんやりとそんなことを思った。

視線の端に、黒い物体を感じる。

しかし、首を動かすのが、ひどく力を要するように思えた。当然だ。血が流れ続けている。それでも額に皺を寄せるようにして、目だけをその方向へ向けるようにした。

予感があった。しかし、見るとすぐ目を伏せた。

妻であった。仰向けに倒れ、髪を失い、その頭部も顔も、胸も黒く焼け焦げた妻であった。

死んでいる、と思う。無論死んでいる。

もう一度額に皺を寄せ、目をあげて妻を見た。

見慣れた横顔だ。寝顔のようにも見える。なにをいっている。これが、なんで寝顔なものか。こんな――まるで焼却場の古人形のような――

汚れて――

まるで、焼芋だ。焚火のあとの、ほじくりかえした焼芋のように黒焦げで――

私は自分が笑おうとしているような気がした。それから突然、こみあげるように慟《どう》哭《こく》がやって来た。顔を伏せ、私は泣いた。

信子はどうしている？　稔は？

血液が流れ続けている。これでは、間もなく動けなくなる。その前に見届けなければならない。

敏夫さんは、どうした？　新也くんは？

この静寂で、予測はつくが、いまのところ私は生きている。とすれば、生きている者がいないとはいえない。見届けたかった。

一体、なにが起ったのか？

Ｂ29が下町を空襲するはずだった。それが昭和二十年三月十日の歴史的事実だ。しかし、その前の九日の七時頃に、荻窪がやられた。

右手にゆるく力をこめた。首をあげる。激痛が走る。更に身体を起こそうとすると、バランスを崩して、左肩から倒れこんだ。叫んだ。痛みが左半身全体を走り、「オーッ」と私は抑制もなく叫び、叫びながらその叫びを力にして暴れるようにして、上半身を起こした。そうでもしなければ、二度と起き上れないという判断がとっさに私を動かした。

あえぎながら、右手をついて周囲を見た。妻の足元に近く、黒焦げの稔がいた。仰向けの死体は、ほとんど顔の判別もつかなかったが、身体つきで父親はそれがいなみようもなく息子だということを知ることが出来た。私は、うめきながらその方へにじり寄り、目は信子を求めた。信子は、私の背後に倒れていた。うつ伏せの背中にほとんど衣類はなく、背中はただれたように黒く汚れ、ただモンペの柄と肩のあたりの骨格で信子と知れた。

私は、妻の胸のあたりに手を置き、両側の稔と信子に思いを引き裂かれて、声をあげた。涙は出ず、ただ「ああ、ああ」というように声をあげた。

それから、寒さが来た。

ふりそそぐ陽の中で、私は震えた。

気がつくと、見渡す限り、瓦礫が続いていた。そして、おびただしい黒焦げの死体の散乱であった。

敏夫さんも新也くんも、その中にいる筈だったが、目の届く周辺の死体にそれらしい姿はなかった。

遠く山脈《やまなみ》が見える他は、四方がただ瓦礫である。ここは荻窪のはずだが、荻窪だという痕跡はなにもなかった。

私は、こたえを求めた。

これでは関東全域の盲爆ではないか。

そんなことは、歴史になかった。

時折、意識が薄くなる。しかし、こたえが知りたかった。一体、これはなんなのか？

海をさがした。山脈を見たことを思い出し（見たのは、寸前なのに、思い出すというように朦朧《もうろう》としはじめていた）山のない方向を求めた。その方角が都心に近いはずであった。せめて、自分のいる位置を確認したかった。いや、太陽を見ればいい、と思う。東南のはるかに東京湾があるはずだ。

それから、私は長い間、動きを止めた。頭をゆっくり振ってみる。痛みも悲しみも、沈澱し、私は、東南に見える不可解な残骸に目を置いていた。昭和二十年に、あるはずがなかった。

東京タワーがあるはずがない。新宿の高層ビル群があるはずがない。しかし、はるか遠く見えるのは、それらの残骸のように見えた。東京タワーは三分の二を失い、高層ビルは乱杭歯《らんぐいば》の様相でかつて見馴れた配置を低く残している。

「なるほど――」と私は小さくいった。たちまち納得していたのだ。すでに昭和十九年二十年に投げこまれた力弱き日本人には、どんな天変地異も受け入れてしまう用意がなされていた。

この光景はむろん、昭和二十年ではない。昭和五十六年でもない。多くの日本人が、漠然と近未来に起り得るかもしれないと、心の底流で予期していた光景の現前なのだった。

動くものがあった。手である。稔の死体のすぐ先の黒く焼け焦げた男の手が、ゆるく上下している。

生きている。私は、鋭く歓喜のようなものが身内を走り、妻の死体に手をつき、のり越えて、ころがり、這うようにして、男の傍に寄った。

するともう手は投げ出されていた。しかし、焼け焦げた首の、小さな空洞のような口が、なにかを訴えていた。

「なんです？　元気――元気出して下さい」

われながら空疎な言葉だった。

「ミ――」と男はいった。

「ミ、なんです？」

「ミズ」

ああ、と私はうなずいた。あげましょう。なんとか水をあげましょう。しかし、周囲に、かつての焼跡に迸《ほとばし》り出ていた水のきらめきはなかった。

私は、黒焦げの男を見下ろし、その空洞のような口が、今にも息絶えそうにあえぐのを見ると、一つの質問をする誘惑に抗しかねた。

「何年です？　今年は、何年です？」

ことによると、私たちと一緒に昭和二十年から放り出された人かもしれなかった。しかし、東京タワーや高層ビル群が見える以上、その時代を生きていた可能性も高い。私は、瓦礫の東京が何年であるかを知りたかった。

黒焦げの首は、深く息をついた。

「何年です？　今年は千九百四十五年ですか？　昭和二十年ですか？」

「ヘイ――」

「はい？」

「ヘイ――」

「ヘイってなんです。いまです。いまは何年ですか？」

「ヘイ――」

「だから、あの、いまは千九百八十年ですか？　九十年ですか？」

「ニセ――」

「ニセってなんです？　なにがニセですか？」

「ニセン――」

「はい？」

　私は遠くなりそうな意識を、全身でくいとめて次の数字を待った。しかし、空洞は、最後の空気を求めて小さく伸縮すると、動きを止め、息絶えた。

参考資料

山田風太郎『戦中派不戦日記』（講談社）
一色次郎『日本空襲記』（文和書房）
高見順『敗戦日記』（文藝春秋）
永井荷風『断腸亭日乗』（岩波書店）
早乙女勝元『東京が燃えた日』（岩波書店）
山中恒『ボクラ少国民』（辺境社）
暮しの手帖『特集・戦争中の暮しの記録』（暮しの手帖社）
浄法寺朝美『日本防空史』（原書房）
朝日新聞社編『史料・明治百年』（朝日新聞社）
林茂『日本の歴史（25巻・太平洋戦争）』（中央公論社）

あとがき

小学校の五年生の夏に、私は敗戦を迎えました。

その年のまだ寒い頃、つまり戦争の末期のある日、教室で担任のE先生が、原子爆弾の原理について、かなりくわしい説明をしてくれたのを憶えています。当時はたしか「特殊爆弾」といった筈ですが、先生は理科教育に熱心な方で、一時限全部を使ってその説明をなさったのです。

時間のあとの、私たち生徒の興奮を、今でも生理的な記憶とでもいった感じで憶えています。

無論、原理については、みんなほとんど分らなかったといってもいいでしょう。問題はその爆弾の威力と、それが日本の学者によって、ひそかに完成に近づいているという部分でした。完成の暁には「ワシントンに一発、ニューヨークに一発落せば、戦争は日本の勝利で、忽《たちま》ち終ってしまう」というのです。「すげェなあ」「絶対じゃんか」などと私たちは、この爆弾が一日も早く完成して、アメリカの都市の人々をみな殺しにしてくれることを心から願ったのでした。

事実はその反対になってしまったわけですが、あの時の先生の目の輝き、私たちの興奮を思い出すと、原爆についてアメリカを非難したりすることが出来なくなるのです。アメリカ人が「お前たちはパール・ハーバーで汚なかった」というと「そっちは原爆を落したじゃないか」と日本人がいい返すという会話のパターンが敗戦後あって、それは今でもなくなっていないように思うのですが、アメリカ人は原爆を落すについて、かなりの道徳的逡巡があったと聞いています。関係者の中には、のちに発狂した人もいるとも読んだことがあります。子供の頃の小さな記憶をそれに対置することは滑稽ですが、もし日本で原爆が完成していれば、アメリカ人よりずっと迷わずに、私たちはそれを落してしまったのではないか、という気持が私の中には、消し難くあります。

『中央公論』が別冊で戦争体験の特集を出そうと考えている、という話を聞いたのは、今年の一月の末、編集部の高橋善郎さんからでした。なにか書く気はないか、といわれ、すぐ頭に浮んだのはその教室の興奮でした。そうした体験を入念に思い出して、その意味を自分が「なつかしさ」や「通念」でとりちがえていることはないか、と細かく確かめて行くことは出来ないか、と思いました。しかし、なにせ小学校五年生どまりの体験では、いかにも材料にとぼしく、多くの体験手記にたちまじって存在を主張する自信がありません。

「いや体験手記を書いて貰おうとは思わない。形はなんでもいい。たとえば自分の子供に、あなたなりに捉《とら》えている第二次大戦の現実を書き残す気持になってみないか」と高橋さんはいいます。

返事を一ヶ月、待って貰いました。そもそも自分にそのようなものを書き残す欲求があるかどうか資格があるかどうかからはじめて、いろいろに迷いました。

結果はご覧のような一種の「体験手記」となったのですが、書き終えてみれば、他に書きようはなかったという思いがあります。機会をあたえられたことに感謝しております。

山田太一

（一九八一・一〇・二七）

小学館文庫のためのあとがき

これは三十二年前の小説ですが、読み返しても、ほとんど修正の必要を感じませんでした。むしろ、ますます戦争体験が薄れて行く現在より、あのころ書いておいてよかったと(作者の勝手な言い草ですが)ほっとするような思いもありました。

ただ、ラストだけ。はじめて読んで下さる人に余計な思いをさせないように数字を訂正しました。書いたころ私の抱いた不安は二十世紀の先行きについてでしたが、幸いにしていまは二十一世紀です。しかし、瓦礫となった東京という不安、予感は今もあのころと同様に私から消えていません。

ですから元のままでいいか、という思いもなくはなく、元のまま読ませろよ、という人もいるかも知れず、そこをぬき書きしてみます。

「何年です? 今年は千九百四十五年ですか? 昭和二十年ですか?」

「セン、キュウ、ヒャク」と空洞はこたえた。「ハチジュウ――」

やはりそうだ。八〇年代だ。

「千九百八十――八十何年です？」

それにしても一九九〇年代でさえないのか？　一九八〇年代のいつなのか？

「ハチジュウ――」

「ええ」

私は遠くなりそうな意識を、全身でくいとめて次の数字を待った。


ここだけ、本文（254ページ）のように書き替えました。

ことによると、本当の終末は（原発体験もあるので）この小説のように一気に一切を失うというものではなく、何十年も何百年もかかってじわじわ、だらだらと、しかしとどめようもなく崩壊に向うというようなものかもしれません。

予言をする力などまったくありませんが、ただ一点、戦争はのらりくらりでもぐずぐずへらへらでもいいから、決してはじめてはいけないと思っています。いったん踏み切ったら、短い高揚の時期はきっとあるでしょうが、たちまち地獄が来ます。それは第一次大戦より第二次大戦より、無情無残で大規模で勝者のいない戦争になるでしょう。小さな物語にかこつけて大きなことをいうようですが、確信が苦手な人間の、ほとんど唯一の確信なのであります。

山田太一

（二〇一三・五・三）

［解説］山田さんの諦念

奥田英朗

わたしは昭和三十四年に岐阜で生まれた。両親は、父が昭和四年、母が八年生まれで、いわゆる「昭和ヒトケタ世代」である。こういう親の下に育つと例外なく、子供の頃、繰り返し戦争の話を聞かされる。灯火管制と空襲のこと、疎開のこと、食糧不足のこと、占領軍がやって来た日のこと。考えてみれば、わたしが生まれたのは終戦からわずか十四年後である。今現在、十四年前を思えば、小渕さんが総理で、石原さんが都知事に初当選し、「だんご3兄弟」がヒットし、欧州にユーロ通貨が導入された年である。阪神大震災や地下鉄サリン事件はもっと前だ。大人にとってはつい昨日のような出来事ばかりで、アーカイブの類とするにはあまりに生々しい。ましてやそれが戦争ともなれば、体験自体が鮮烈かつ特殊ゆえ、記憶も一層濃密なものとなる。

親たちが語る戦争の話には、次世代に伝えたいという義務感などではなく、語らずにはいられない切実さがあった。昔話とは種類のちがう、体験者の訴えだった。だから何度聞かされても飽きることはなかったし、疎《うと》ましく思うこともなかった。

中でもわたしにとって印象的だったのは、母が体験した、学校の教師の豹変ぶりである。

終戦の日まではひたすら高圧的で、天皇と日の丸に対して絶対的崇拝を子供たちに要求してきた教師たちが、八月十五日を境に百八十度態度を変えた。昨日までは問答無用で体罰を加えていたのが、急にやさしくなり、これからは民主主義だと言い始めた。地域の権力者のように振る舞っていた教師たちは、一瞬にして居場所を失い、周囲の顔色をうかがうようになったのである。それまで「お国のために」と洗脳されてきた生徒たちが、それで納得できるわけがない。

小学校の卒業式の日に、これまで殴られた恨みを晴らそうと男子たちが言い出し、クラスみんなで担任教師を裏庭に呼び出し、謝罪を要求した。教師は引きつった笑みを浮かべながら、「仕方がなかった」を連発し、最後には頭を下げた。母はその輪の中にいたが、そのときの嫌な気持ちを生涯忘れないと言う。

恐らくは日本のあちこちで、同じような出来事があったのではないか。両親の世代は、多感な時期に、戦争と同時に、教え込まれた価値観が一変する瞬間を経験している。そのせいか昭和ヒトケタ世代は、平和主義というか反戦主義の論客を数多く輩出している。ある意味、実際に銃を手に戦った元兵士たちよりも雄弁であったりする。想像するに、戦争の当事者にならなくて済んだ幸運から、より使命感が強いのかもしれない。あるいは国家権力によって洗脳された恨みとは、それほどまでに強いものなのか。飢えすら知らないわたしたちの世代は、それ以上の幸運の中に生きているのであるが——。

さて、昭和九年生まれの山田太一さんである。山田さんもまた昭和ヒトケタ世代の一員であり、激しい時代を生き抜いた日本人の一人である。その経験が山田さんの人格形成に影響を与えないわけはなく、山田さんもいろいろな場で戦争の話をしてきたであろう。

ただし山田さんの場合、戦争に対するスタンスは、同世代の論客たちとは少し異なる。わたしが知る限り（わたしは山田太一マニアで大半の著作は読んでいる）、声高《こわだか》に反戦を訴えたこともないし、あの時代を断罪したこともない。どちらかと言えば、自身の体験の範囲外にはなるべく出ないように努めている節がある。

それに関しては、わたしが指摘するより、本人の言葉を引用したほうが確かだろう。

《いきなり大振りな話で恐縮だが、たとえばカンボジアの内戦で家族を失ったとか、アウシュビッツの生き残りだとか、そういう人は以後その体験ぬきになにかを感じたり考えたりすることは難しいだろう。

だからその体験を自己形成の核に置く生き方をする人がいるのは当然だが、一方で、なるべくそうした体験に縛られたくない、現在の生活に限定して、なんとか個人的に生きたいという人も少なくないだろう。

どっちかといえば私は後者の方で、たとえばアメリカの黒人として生れたとしても、なるべく黒人問題というような渦中から遠ざかって、個人としての人生を生きることを願うだろう。》

――『誰かへの手紙のように』収録「呪縛」より

この姿勢というか、気質は、山田作品の通奏低音と言えるもので、社会問題や人間の心の闇を取り上げつつも、声高に何かをアピールすることはなく、誰かを名指しして裁くこともない。恐らく山田さんの心の中には、万事に置いて、「お互い様ではないか」という気持ちが根強くあるのではないか。立場が変われば、自分も何を言い出すかわかったものではない。今ある自分は、いくつもの運が重なって成り立っているに過ぎない――。そういう想像力が自然に身についていて、物語に余計な色を付けない。

それは戦争を描かせても同様で、昭和ヒトケタ世代ならいくらでも言う権利があるはずなのに、どこか自制しているところがある。

本書『終りに見た街』を一読して、わたしが感じたのは、人間という生き物に対して抱く、山田さんの諦念である。設定はファンタジーであるが、登場人物は徹底してリアルで、甘い夢を見させない。ただし突き放しているかというと、そんなことはなく、作者がちゃんと寄り添っている。

物語は、現代（書かれたのは一九八一年である）に生きるテレビライターの一家が、突然昭和十九年にタイムスリップしてしまい、戦時下の東京、「一億総火の玉」と吹き込まれて暮らす日本人の中に放り込まれるところから始まる。言論統制、食糧不足、空襲の恐怖、平和な現代人が忘れかけていた昔の日本が、いきなり日常として襲いかかってくるのである。

主人公は、この戦争に日本が敗けることを知っている。昭和二十年三月十日に東京が火の海になることも知っている。しかし多くの日本人は、神風が吹くことを信じ、あくまでも国家に従順でいる。主人公はそのことに戸惑い、苛立ち、やがてある行動を起こすことを決意する——。

山田さんが物語で描くのは、当時の日本の「空気」である。自身が体験しただけに捕え方は的確で、読者の胸に迫る。

食料を物と引き換えに分けてもらうために農家を訪れ、百姓に卑屈に世辞を言い、機嫌を取るくだりなど実にリアルで、目に浮かぶようである。わたしは、農家の娘だった母から聞かされた、着物を持って来ては米と交換してくれと頼む町の良家の婦人が何人もいたという話を思い出した。祖母は露骨に迷惑がり、ここぞとばかりに意地悪く接したそうだ。やさしい祖母でも、そうなったのだ。

日本中が、理屈に合わないことに、命を賭しているという自覚もなく、奔走していたのである。山田さんは意見を言わないが、これらの描写だけでも、戦争はいやだと誰もが思う。山田さんの戦争小説は、結果としての反戦小説なのである。

蛇足ではあるが、東日本大震災のとき、町が津波にのみ込まれる光景をテレビで見ながら、戦争とはこういうものだったのではないかと——天災と戦争を比較するなど不謹慎だとわかっていても——わたしは想像した。そして、人生のうちで一度も大惨劇を経験せずに済ませるなど虫のいい話で、平穏とか平和こそが奇跡的状況ではないかとも思索した。

わたしたちの世代も、本書のラストシーンが示しているように、いつか痛い目に遭うだろう——。少なくとも、自覚だけはしていたいと思う。

戦争を実体験として知る世代がいよいよ少なくなった。わたしの父も今年他界した。だから今こそ読みたい小説である。

（おくだ　ひでお／作家）

本書のプロフィール

本書は、一九八一年に単行本として中央公論社より刊行され、一九八四年に中公文庫化された作品です。再文庫化にあたり加筆修正の上、新たに「小学館文庫のためのあとがき」と「解説」を加えました。

小学館文庫

終《おわ》りに見《み》た街《まち》

著者　山田太一《やまだたいち》

二〇一三年六月十一日　初版第一刷発行
二〇二四年八月二十一日　第二刷発行

発行人　庄野　樹
発行所　株式会社　小学館
〒一〇一－八〇〇一
東京都千代田区一ツ橋二－三－一
電話　編集〇三－三二三〇－五一二二
　　　販売〇三－五二八一－三五五五
印刷所－TOPPANクロレ株式会社

この文庫の詳しい内容はインターネットで24時間ご覧になれます。
小学館公式ホームページ　https://www.shogakukan.co.jp

ISBN978-4-09-408832-8